二十世紀前期

中國戲曲的

跨境、交流
與轉化

吳宛怡

———
———

主編

# 目錄

# 導言

吳宛怡

　　香港理工大學中國文化學系在特殊的 2021 年夏季，舉辦了「二十世紀前期中國戲曲的跨境、交流與轉化」為題之線上國際學術研討會。本次會議，以新興的線上形式，連結來自各地的學者，成功地將二十世紀前期中國戲曲研究相關的新興議題，以不同的研究角度進行研討，並於實際成果中探索出值得深入的方向。此外，百位以上聽眾參與整場會議活動，討論環節互動熱烈，落實研究主題擴散之職能，甚為殊勝。會後學者復參酌與會評論員所提意見，重新修訂原稿，集結為專書出版。

　　二十世紀前期的中國戲曲伴隨着現代化的歷程，在劇種、劇目、劇場、劇論及戲劇理論上有着顯著轉變與發展；另一方面，超越時間及空間特質的錄音媒體技術的進步更創造了新興類型的「唱片戲曲」；同時，戲曲這學科也成為海外中國學研究者的研究重點，不僅關注雜劇傳奇文本，同時將視野伸展至地方戲曲及舞台表現。此時的「中國戲曲」可以說是處於「跨境」、「交流」與「轉化」的階段，呈現豐富多層次的面貌，值得關注。職是之故，本書收錄其中五篇相關學術論文，期望能為戲曲研究開拓出新道路，若得更多學人關注，幸甚。

　　以下簡單地說明文章的主旨方向。

　　容世誠教授〈「晚清香港戲曲史」的初步反思 ——
戲園、火船、留聲機 (1860-1911)〉一文，從戲曲載體及
網絡聯繫兩個角度切入，探討十九世紀末期至二十世紀初
期，香港在近代中國戲曲史的定位。火船、火車、電車等
技術發明，以及蘇彝士運河的通航，香港成為連接全球
通商口岸的橋樑及亞洲地區的經貿中心，進而帶動戲曲市
場興起，成為華南地區戲曲匯聚之城市。同時，留聲機科
技、唱片工業及印刷資本主義興起與擴張，伴隨帝國殖民
主義主導的港口商埠經濟模式，香港同時被納入留聲機唱
片生產的全球銷售網絡之中，成為二十世紀初跨國唱片公
司製作華南地區戲曲唱片的灌錄中心，進而推動唱片戲曲
的傳播，為聽眾帶來「時間與空間壓縮」、「去場合」的
全新現代感官體驗。

　　中里見敬教授、李莉薇教授〈再論日本學者對中國
戲劇表演史的開拓性研究 —— 以濱一衛的觀劇記為中心〉
一文，整理中國學研究者濱一衛（1909-1984）在中國留
學期間兩次至各地旅行所留下的觀劇記錄。濱一衛曾到天
津、開封、西安和湖州等地觀劇，不僅在各地觀看皮黃、
評劇、梅花大鼓、河南墜子、河南梆子（豫劇）、秦腔等
各種各樣的地方戲以及地方曲藝，留下詳盡的當地劇場紀
錄，更言及對不同劇種、曲藝的觀感，對於近代戲曲研究
者而言，這些資訊具有珍貴的文獻參考價值。早期中國學
研究者，以青木正兒（1887-1964）為例，對於中國戲曲
的研究，主要仍是集中於文本。然而，1930 年代留學於
中國的濱一衛，則不僅關注文本，更注意到演劇的發展，

可說是較為全面認識、把握中國戲劇發展狀況以及發展趨勢，其人之中國戲曲研究在日本的中國戲劇研究史上具有開拓性的意義與價值。

李元皓教授〈從譚派的傳播檢視京劇流派藝術——以1945年以前的台灣京劇唱片為切入點〉一文，使用台灣京劇唱片與報刊新聞為材料，解析譚派現於台灣之軌跡。從報刊中對於演員與劇目等記載可知，觀眾認知到所觀賞的京劇屬於「譚派」應從1924年梁一鳴（1902-）在永樂座的演出為嚆矢，此外，《空城計》在1915年至1926年多次出演亦對於譚派傳播帶來一定的影響力。而後，透過細緻解析台灣京劇唱片《沙陀國》及《空城計》當中唱詞、唱腔與錄製過程，揭開譚派藝術如何經由唱片媒介傳播至台之歷程。正如結論所言，由於台灣歷史及地理位置的特殊性，其所留下的報刊唱片資料，落實論證了「譚派風格也逐步成為最普遍的老生風格」一說。

羅仕龍教授〈中法大學教育交流視角下的戲曲西傳——以沈寶基及其《西廂記》譯介為例〉一文，重新審視中國留法學生沈寶基（1908-2002）對《西廂記》之譯介在二十世紀前期法國漢學中的特殊位置。沈寶基採用了王實甫本《西廂記》按折逐一說明與選譯，突破了過去法國漢學家在第六才子書框架下的譯介，此外更在譯本的基礎之上展開研究，補足先前僅有譯本卻缺失研究之現況，其著作對於《西廂記》在歐洲的接受與流傳，具有獨特的貢獻。

吳宛怡〈「型塑戲劇」——探析民國初年戲劇改良劇

作家韓補庵以社會教育視角開展之編劇理論〉一文，關注民初劇作家韓補庵，探討他如何將戲劇作為社會教育的一種類型，落實於改良運動。補庵是民初少見理論與創作並行的劇作家，他的時代正好歷經新興戲劇表演形式的盛衰發展及五四新文化運動。不放棄舊有的戲劇形式，努力思索如何對傳統戲劇藝術進行改革，採取「半新半舊派」的演出形式，並提出明確的戲劇觀及務實的編劇理論，這一嘗試型塑戲劇的歷程，別具時代意義。

# 「晚清香港戲曲史」的初步反思 —— 戲園、火船、留聲機（1860-1911）

## 容世誠

　　現職新加坡國立大學中文系副教授。廣東中山人，美國普林斯頓大學博士，專攻中國戲曲。研究興趣包括晚明戲曲、粵曲社會史、香港戲曲史、新加坡華族戲曲，聲音文化史等。出版專著包括《戲曲人類學初探》、《粵韻留聲：唱片工業與廣東曲藝（1903–1953）》、《尋覓粵劇聲影：從紅船到水銀燈》、《海內外中國戲劇史家自選集：容世誠卷》。學術論文散見於《民俗曲藝》、《東方文化》、《中國文化研究所學報》、《民族學研究所集刊》、《視覺人類學》等學報。

# 一、前言

　　1872 年 10 月 2 日，倫敦伯靈頓區英國紳士福格先生（Phileas Fogg），正帶同僕人「萬事通」（Passepartout）趕往查令十字火車站。他和「革新俱樂部」的名流會友打賭，可以八十天環遊地球一周，消息迅即轟動倫敦。福格和萬事通的環球旅程從倫敦出發，取道法國、意大利乘搭「鐵行火船公司」（Peninsular and Oriental Company）蒸汽船「蒙古號」，橫渡地中海到達埃及蘇彝士（Suez）。數年前開鑿通航的蘇彝士運河將火船蒙古號迎入紅海海域，再橫渡印度洋靠岸孟買。在孟買，主僕二人乘坐火車沿「大印度半島鐵路」（Great Indian Peninsular Railway）開往加爾各答，途中冒險救出溫柔嫵媚的艾娥達夫人（Aouda）。抵達加爾各答，三人登上「仰光號」輪船，航經馬六甲海峽抵達新加坡稍作停留，於 11 月 6 日到達香港。驟見維多利亞港內泊滿英國、法國、美國、荷蘭等各國商船軍旅，以及中國、日本的大小帆船舢板小艇；市內則碼頭貨倉、政府大樓、醫院教堂、現代街道設施式式具備。行程經歷轉折，福格和艾娥達乘船經上海到達日本，在橫濱重遇失散落單的萬事通；並趕上三桅火船「巨人號」橫渡太平洋航抵美國三藩市，乘火車沿「太平洋鐵路」（Pacific Railway）開往東岸紐約，並於最後一程橫渡大西洋返回英國，成功在八十日內完成旅程。以上是十九世紀作家朱爾凡爾納（Jules Verne, 1828-1905）冒險小說《八十日環遊地球》的故事情節。香港部分約佔五章。（第十七

章至第二十一章）[1]

　　1902 年 9 月 28 日，位於倫敦美頓坊的「留聲機公司」（Gramophone Company）錄音師蓋斯伯格（Fred Gaisberg），正趕往市內利物浦街車站，踏上為期兩年的遠東灌片旅程。[2] 留聲機公司成立於 1897 年，為了拓展全球市場，灌錄世界音樂唱片，增設各地經銷代理，遂遣派錄音師作全球采風錄音。這次遠東之旅從倫敦出發，搭乘「科羅曼德號」（Coromandel）經法國、意大利橫渡地中海，通過蘇彝士運河進入紅海，經錫蘭（今天斯里蘭卡）抵達印度加爾各答。在印度逗留超過一個月進行錄音灌片，後繼續乘坐鐵行公司「舟山號」（Chusan）火船東航，穿越馬六甲海峽經檳城、新加坡進入南海海域。在香港北

---

1　Jules Verne, *Around the World in Eighty Days* (G. M. Towle, trad.), (Philadelphia: Porter and Coates, 1873). 小説原文 Peninsular and Oriental Company 全稱 Peninsular and Oriental Steam Navigation Company，有翻譯為「半島東方輪船公司」。見〔日〕松浦章著，孔穎編譯：〈19 世紀後期英國半島東方輪船公司之東亞海域航運〉，收入《海上絲綢之路與亞洲海域交流》（鄭州：大象出版社，2018），頁 186-214。但自十九世紀開始，香港一般稱之為「鐵行火船公司」，簡稱「鐵行公司」。

2　參 Fred Gaisberg, *Music on Record* (London: Robert Hale Ltd, 1943); Jerrold Moore, *A Voice in Time: The Gramophone of Fred Gaisberg (1873-1951)* (London: Hamish Hamilton, 1976); Hugo Strotbaum (ed.), "The Fred Gaisberg Diaries", Part 2, http://www.recordingpioneers.com（瀏覽日期：2021 年 12 月 19 日）。英國「留聲機公司」經歷股權更替，1900 年更名「留聲機打字機有限公司」（Gramophone and Typewriter Ltd），1907 年恢復回原來的「留聲機有限公司」。現為了行文方便通稱「留聲機公司」。關於留聲機公司的歷史，參 Peter Martland, *Since Records Began: EMI, the First 100 Years* (London: Batsford Ltd, 1997)；杜軍民：〈貝利納、G&T 和英國留聲機公司錄製的中文唱片〉，收入「留聲閣中文老唱片全球收藏家首屆論壇組委會」編：《留聲閣中文老唱片全球收藏家首屆論壇文集》（上海：留聲閣中文老唱片全球收藏家首屆論壇，2017），頁 71-164。筆者過去曾經將「留聲機公司」翻譯成「謀得利公司」，以後會撰文討論。

上上海乘坐「神戶丸」（Kobe Maru）抵達日本長崎。錄音隊伍在東京完成錄音工作後再回程上海。通過中介代理「謀得利」洋行（Moutrie Company）協助，邀得孫菊仙（1841-1931）、汪筱儂（1858-1918）、汪桂芬（1860-1906）等名伶灌錄京曲及小量崑曲。[3] 1903 年 4 月，蓋斯伯格錄音隊伍從上海到達香港，在酒店房間建立臨時錄音室，邀得粵劇紅伶揚州清（揚州青）、蛇王蘇、廣仔、靚耀、公爺創、紮腳文等灌錄粵曲唱片。在香港完成灌片作業，錄音隊伍乘船折返曼谷、新加坡、爪哇和仰光錄製東南亞各地音樂歌曲，於 1903 年 8 月經法國馬賽返回英國倫敦。[4] 這次旅程收穫甚豐，灌錄得中國戲曲曲目超過五百種；同年「留聲機公司」推出第一批中國戲曲唱片，主要是京戲和粵劇。[5]

　　蓋斯伯格返回倫敦翌年（即 1904 年），太平戲園在香港石塘嘴落成開業。二十世紀初，香港政府重新規劃港島太平山區，將原來上環水坑口的高級酒樓妓寨，往西遷

---

3　清末時期宣稱是孫菊仙、汪桂芬、汪筱儂乃至譚鑫培的唱片錄音，經常出現冒名假託贗品，需要小心辨別真偽。參吳小如「唱片瑣談」文章系列，收入吳小如：《吳小如戲曲文錄》（北京：北京大學出版社，1995），頁 785-800。

4　蓋斯伯格在港錄音活動，參拙作《粵韻留聲：唱片工業與廣東曲藝（1903-1953）》（香港：天地圖書有限公司，2006），頁 40-49；杜軍民：〈貝利納，G&T 和英國留聲機公司錄製的中文唱片〉，頁 85-95。

5　見 1903 年留聲機公司 "Catalogue of Chinese Gramophone Records"。筆者參考的是倫敦大英圖書館內的 EMI Archive 微捲資料。詳細目錄內容灌錄曲目，參杜軍民：〈貝利納，G&T 和英國留聲機公司錄製的中文唱片〉，頁 121-138。

徙至正在開發的石塘嘴區。[6] 同一年港島電車路軌鋪設完成。電車通行後將石塘嘴紅燈區和整個維多利亞城聯繫起來，推動往後塘西花國事業繁榮（香港於 1935 年禁娼），同時塑造「高陞」、「重慶」、「太平」三大戲園鼎足而立的局面。太平戲園落成後，籌演三日四夜粵劇「超群大集會」。院主隆重其事在《華字日報》刊登大篇廣告，宣稱「准初三晚開檯演三日四夜，專演馳名拿手出頭」，「不惜重資聘請首二三班大老官到演」。[7] 四晚共四十多位劇壇名伶到港獻技，包括小生聰、馬蹄蘇上演首本名劇，著名武生新華演出《詠醉昇平》、《醉倒騎驢》、《晴雯補裘》等經典劇目，極一時之盛。粵劇開台第一天例演儀式劇《六國大封相》，可以想像當天戲台上鼓樂喧天，戲班樂手吹打喜慶曲牌，為這座地標劇院拉開了誌慶帷幕。除了來自廣州的粵劇戲班，太平戲園還經常邀聘「外江戲」（即廣東漢劇）、潮劇和京劇等不同劇種到港獻演，在戲台上爭妍鬥麗。[8]

　　火船火車、電報電車、海港街燈、商業戲園、留聲機器、唱片工業、印刷資本主義、蘇彝士運河通航、人口貨物資金的全球性加速流動，交織成一幅新時代地理文化圖像，也構建了人類全新的空間體驗。福格在俱樂部打賭時表示：「世界變小了」（頁 17-18），著名地理學家大衛哈

6　何佩然：《城傳立新：香港城市規劃發展史（1841-2015）》（香港：中華書局〔香港〕有限公司，2016），頁 10。

7　《華字日報》，1904 年 7 月 15、16 日廣告。

8　參拙作〈香港戲曲史上的商業戲園（1865-1910）〉，《民俗曲藝》，2018 年第 199 期，頁 177-211。

維（David Harvey）則以「時間和空間的壓縮」來表述這一種史無前例的現代性狀態。[9] 回到戲曲研究，如何書寫晚清香港戲曲史，如何從中國近代史的脈絡，論述香港戲曲的性質，是筆者近年一直思考的課題。有文化地理學者指出：「每一個時代的音樂性質，是由『網絡』（networks），『科技』（technologies）和『體制』（institutions）確立。這三項因素，勾勒出不同地理空間的文化聯繫。」[10] 這種從物質文化和地理網絡分析西方音樂的分析取向，啟發筆者重新推敲近代香港戲曲史的不同方面。以下的文字，是筆者書稿《晚清香港戲曲史：戲園、火船、留聲機》的導言部分。也是過去的一段時間，筆者嘗試從物質文化、建制組織和空間意識思考香港戲曲史的一次概念整理。下文將以戲曲載體和網絡連繫兩組觀念切入問題，闡述香港在中國近代戲曲史上的位置所在。就讓我們從一則《循環日報》的簡短報導開始，敘說這個十九世紀末在英國亞洲殖民地上演的戲曲演義故事。

---

9　*David Harvey, The Condition of Postmodernity* (Cambridge, Oxford: Blackwell, 1990). 有歷史學者視之為蒸汽機發明後的一次「空間革命」。見〔日〕宮崎正勝著，蔡蕙光、吳心尹譯：《從空間解讀的世界史：馬、航海、資本、電子資訊的空間革命》（新北市：遠足文化，2019）。

10　John Connell, Chris Gibson, *Sound Tracks: Popular Music, Identity and Place* (New York: Routledge, 2003), p. 10.

## 二、香港商業戲園：一個戲曲市場的興起

同治十三年（1874），近代思想家王韜（1828-1897）出任主筆的香港《循環日報》，有文章報導當時香港戲園的熱鬧盛景：「香港彈丸之地而有戲園三所，規模宏敞，每逢演劇之時，燈火連宵，笙歌徹夜，往觀者如水赴壑，因而各家皆貶價，以致座上客滿，幾無隙地。」[11] 上述三所戲園，指建於 1865 年的昇平戲園（1877 年改名普樂戲園）、同慶戲園（1892 改名重慶戲園），以及 1870 年的高陞戲園。三者都坐落於維多利亞城內的華人聚居地帶。換句話說，1865 年至 1870 年短短五年裏面，連續有三家戲園在港島落成演劇。[12] 1904 年太平戲園開業，再將香港戲曲娛樂事業推向另一個高峰。當時香港戲園競爭激烈，每晚徹夜演出，燈火通明，更且會壓低票價以廣招徠。1905 年《華字日報》又報導：「（高陞戲園）准人立於園內傍邊之道三四百之多。府官判罰銀五十元，並命其賣票須有限制。在戲園觀戲者人山人海，氣息鬱蒸，令人難耐。」[13] 戲園裏面全院滿座席無虛設不用說，連兩邊通道都擠上了幾百名觀眾，接踵摩肩，水洩不通。翻開 1900

---

11　《循環日報》，1874 年 8 月 5 日。

12　以上香港戲園年代考證，參吳雪君：〈香港粵劇戲園發展（1840-1940）〉，收入容世誠編：《戲園‧紅船‧影畫：源氏珍藏「太平戲院文物」研究》（香港：康樂及文化事務署，2015），頁 98-117；林國輝：〈十九世紀香港戲園的建築特色和演劇內容〉，收入《香港博物館誌 2》（香港：康樂及文化事務署，2018），頁 6-15。

13　《華字日報》，1905 年 7 月 17 日。

年之後十年《華字日報》每天的戲園廣告，到港演出的戲班可以用「全年無休，日以繼夜」來形容。按照班牌名字計算，最少超過二百五十個。又因現存《華字日報》資料並不完整，個別年份殘缺嚴重，實際總數遠超這個數字。[14]

戲園相繼落成每天演劇，著名戲班川流不息訪港，當然與十九世紀後半葉香港人口結構、經濟條件和消費模式有關；若放在更廣闊的海洋史脈絡來觀察，可以理解為一場由全球海洋貿易（蒸汽機發明之後的「空間革命」）帶動的港口繁榮和戲曲市場興起。簡單來說，海洋成為近代香港連接全球通商口岸的一道橋樑：陸地是海洋的一個部分，海洋也是陸地的一個部分。海洋是陸地通向外界的通道，它是一張流通的網絡，而不是一道屏障。[15] 王韜在〈香港略論〉（約 1865 年）論及香港市面繁華和海上貿易的關係：

> 太平山左右，皆曲院中人所居，樓閣參差，笙歌騰沸，粉白黛綠，充切其中。旁則酒肆連比，以杏花樓為巨擘，異饌嘉肴，咄嗟可辦……值江浙多故，衣冠之避難至粵者，附海舶來，必道香港，遂為孔道。香港不設關市，無譏察徵索之煩，行賈者樂出其境，於是各口通商之地，

---

14 參拙作〈香港戲曲史上的商業戲園（1865-1910）〉，頁 177-211。

15 〔日〕濱下武志著，王玉茹、趙勁松、張瑋譯：〈交涉時代的海洋亞洲和通商口岸網絡 —— 朝貢與條約，1800-1900 年〉，收入〔日〕顧琳、〔美〕馬克．塞爾登編：《中國、東亞與全球經濟：區域和歷史的視角》（北京：社會科學文獻出版社，2009），頁 102-107。

亦於香港首屈一指。[16]

杏花樓是上述水坑口的著名酒家食肆之一，和附近太平山區的妓寨連成一體，構成香港島早期華人的高級紅燈區。王韜提到推動香港經濟繁榮的兩大主因——太平天國動亂（「江浙多故」）和海上貿易商機。十九世紀下半葉，香港能夠成為首屈一指的商埠，原因眾多。[17]除了王韜提到的自由港政策，1848 年是一個關鍵年份。這一年美國三藩市附近發現金礦，引發淘金熱，舊金山一帶成為各地淘金者的聚居地。隨着人口急速增加，連帶刺激生活必需品需求上升，造就了三藩市和香港之間的海上貿易繁榮。當太平洋變成連接北美洲和亞洲的幹道，香港也成為美國西岸對中國地區的航運終點站。[18]1850 年首六個月，就有超過一萬噸貨物從香港運往美國西岸，包括米糧、食糖、茶葉、家具、木板等。香港也成為華工（俗稱「苦力」）飄洋過海到美洲尋找生計的轉運港口。根據香港政府《藍皮書》，1852 年經香港出發到美國工作的華人高達三萬

---

16　王韜著，楚流選注：〈香港略論〉，收入《弢園文錄外編》（瀋陽：遼寧人民出版社，1994），卷 6，頁 263-264。

17　參丁新豹：〈十九世紀香港首富：李陞家族初探〉，收入鄭宏泰、周文港編：《文咸街里：東西南北利四方》（香港：中華書局〔香港〕有限公司，2021），頁 200-231。

18　關於加州淘金熱、跨國航運業和晚清香港經濟發展的部分，主要參考冼玉儀著，林立偉譯：《穿梭太平洋：金山夢，華人出洋與香港的形成》（香港：中華書局〔香港〕有限公司，2019），第 1-4 章。此外哈佛大學孔飛力（Philip Kuhn）用「移民走廊」（emigrate corridor）表述這一種海洋通道聯繫，見 Philip A. Kuhn, *Chinese Among Others: Emigration in Modern Times* (Singapore: National University of Singapore Press, 2008)。

人。[19] 上述小説福格乘坐「太平洋郵輪公司」（Pacific Mail Steamship Company，俗稱「花旗公司」）火船前赴三藩市途中，目睹同船載有一批中國「苦力」。[20] 不過可以想像這批離鄉別井的勞動華工，和以二萬英鎊打賭環遊世界的倫敦紳士，在船上必定屬於不同等別的客艙。

正如冼玉儀在《穿梭太平洋：金山夢，華人出洋與香港的形成》一書中指出，加州淘金熱將太平洋蜕變成一道新的高速公路，將曾經是邊緣的貿易地區，整合到主流的全球經濟之中。裏面就包括香港。[21] 同時，全球海運貿易格局產生革命性轉變：1869 年蘇彝士運河通航；電報發明與海底電纜鋪設成功，壓縮全球通訊距離和時間；火船逐漸取代傳統的帆船成為越洋運輸工具。這些因素都反映在《八十日環遊地球》裏面。蘇彝士運河開放以後，從倫敦到香港的航程節省了百分之二十六；新型的蒸汽船在各大洲海域跨國穿梭往來，編織一個以海洋聯繫的英殖民地港口網絡。到了十九世紀後期，香港的海港吞吐量已經超越英國利物浦，並且接近倫敦的出入口數字。[22]

---

19　冼玉儀著，林立偉譯：《穿梭太平洋：金山夢，華人出洋與香港的形成》，頁 14。

20　Jules Verne, *Around the World in Eighty Days*, chapter 24 , p. 196.

21　冼玉儀著，林立偉譯：《穿梭太平洋：金山夢，華人出洋與香港的形成》，頁 180。

22　Daniel R. Headrick, *The Tentacles of Progress: Technology Transfer in the Age of Imperialism, 1850-1940*, (Oxford: Oxford University Press, 1988), pp. 25-32; David R. Meyer, *Hong Kong as a Global Metropolis* (Cambridge: Cambridge University Press 2000), pp. 78-83. 又參 Anne Reinhardt, *Navigating Semi-Colonialism: Shipping, Sovereignty, and Nation-building in China, 1860-1937* (Cambridge, Massachusetts: Harvard University Asia Center, 2018 ).

這個時期香港的中西報章，例如《德臣西報》(*The China Mail*)、《循環日報》和《華字日報》，其中顯眼的版面就是刊登「鐵行公司」、「花旗公司」、「太古洋行」、「旗昌洋行」、「德忌利士公司」等火船廣告以及輪船來往港口的日程表。比起開埠初期，香港已經變身為連接中國沿岸城市、日本、歐洲、北美、印度、東南亞和澳洲的轉運港口。1865 年，英資滙豐銀行在香港設立總行。這個時候，香港被納入整個大英帝國的蒸汽船商業航運網絡。上述《八十日環遊地球》的情節內容和留聲機公司的灌片旅程，都體現了這種火船網絡和海港地理。

英國滙豐銀行在香港成立總部，標誌香港正邁向成為東亞地區經貿中心。另外，昇平戲園和同慶戲園同一年（1865）在香港開業演劇，二者之間，會否存在某種深層關連？粵劇史上有所謂粵劇「從農村進入城市」的說法，也許可以追溯到這個時期。資深粵劇藝人劉國興回憶說：「民國八年以前，無論大小戲班，都以農村為演出的主要陣地；無論大小戲班，都間或會到港、澳演出。」[23] 清人俞洵慶在《荷廊筆記》描述光緒時期的「本地班」（早期粵劇戲班）：

> （本地班）伶人終歲居巨舸中，以赴各鄉之招，不得休息，惟三伏盛暑，始一停弦管，謂之散班。設有吉慶公所（初名「瓊花會館」，設於佛山鎮。咸豐四年「髮逆」

---

23　劉國興：〈戲班和戲院〉，收入廣東省戲劇研究室編：《粵劇研究資料選》（廣州：廣東省戲劇研究室，1983），頁 359。

之亂，優人多相率為盜，故事平毀之。今所設公所在廣州城外。），與外江班各樹一幟，逐日演戲，皆有整本。[24]

廣州是晚清粵劇的營運、集資和集散中心。粵劇的營運平台「吉慶公所」和行會組織「八和會館」都設在廣州。每年農曆六月觀音誕粵劇戲班組班完成，紅船戲班從廣州「開身」，沿着江河水道前赴各縣邑鄉鎮演出；範圍大概覆蓋番禺、南海、順德、新會、東莞、台山、香山等縣份，直到翌年六月初返回廣州「散班」。這一年的演劇年度結束，粵劇名伶會在廣州舉行大集會。所謂「大集會」（又稱「大雜會」、「大雜燴」）是粵劇營運體制的重要環節，也是戲行的習俗傳統。光緒三十三年（1907）《時事畫報》刊有大集會圖像，所附文字說明如下：

　　大雜會：粵垣之梨園子弟，每年至六月則散班，至七月始再埋班。此月例為休息之時期，而各戲園則利用之以為大雜會。蓋子弟身未選班，可以擇尤邀請，集作大觀。觀劇者人數比多，而入場券費又較常昂貴，故獲利恆優云。[25]

---

24　轉引自王利器輯錄：〈廣州禁梨園〉，收入《元明清三代禁毀小說戲曲史料》（上海：上海古籍出版社，1981），頁 152-153。

25　《時事畫報》，光緒三十三年（1907）第 15 期。參廣東省立中山圖書館編：《舊報新聞：清末民初畫報中的廣東》（廣州：嶺南美術出版社，2012），頁 499。這條材料曾經參考康保成：〈清末廣府戲劇演出圖像說略——以《時事畫報》、《賞奇畫報》為對象〉，收入《中國戲劇史新論》（台北：國家出版社，2012），頁 562-584。

在傳統大集會，老倌名伶全力以赴演出首本戲，向新年度籌組新班的班主展現個人舞台造詣；另一方面，班主則藉此了解觀眾對伶人的評價，決定是否禮聘或衡量聘金多寡。如此耀目的粵劇匯演盛典，在十九世紀末進入了香港戲曲市場，更且成為戲園商業競爭的一種手段。

最遲在光緒二十四年（1898），香港戲園已經上演大集會。[26] 更詳細的紀錄，見諸《華字日報》1900 年（光緒二十六年）高陞戲園的大集會廣告。是年農曆六月，戲園邀聘粵劇伶人到港獻演《菱仙蕩舟》、《廢鐵生光》、《王大儒供狀》、《琵琶抱恨》等傳統劇目。票價日戲椅位四毫，板位一毫二仙；夜戲椅位三毫，板位一毫。定價比平日的演出高昂。[27] 上面《時事畫報》說每逢廣州上演大集會，定必「觀劇者人數比多，而入場券費又較常昂貴，故獲利恆優」。這點和香港的情況是一致的。到了 1902 年，香港三所戲園同時籌演大集會，競爭氣氛更加火熱轟動。重慶戲園先聲奪人，邀得小生鐸、大和、靚耀、揚州清等名伶上演名劇。高陞戲園則於六月初四開演超群大集會，由小生倫、蛇王蘇、棻腳文、廣仔、公爺創演出《閨留學廣》、《途抱情牽》、《金蛇度婚》、《與佛有緣》等劇目。之後全體移師九龍油麻地普慶戲園繼續演出。[28] 1904 年太

---

26　據東華醫院光緒二十四年（1898）《徵信錄》，頁 36 下。「大集會」捐款三兩六錢。《徵信錄》即醫院每年的年報，裏面的「緣部」（捐款名冊）記錄了各個戲班的捐款數目。參筆者〈香港東華醫院《徵信錄》演劇史料考析：一個戲曲市場的興起（1877-1911）〉，即將發表。

27　《華字日報》，1900 年 7 月 3-7 日。

28　《華字日報》，1900 年 7 月 3-7 日；1902 年 7 月 7-14 日。

平戲園落成，又籌演大型超群大集會，於此不再贅述。綜合來說，在這個蜑爾島嶼戲園相繼落成開業，戲班紅伶齊集獻演名劇，更成為廣州之外粵劇大集會的另一個演出點。且有廣州戲迷專程乘船到港觀劇，早被視為華南戲曲演劇的重點城市。[29]

## 三、進入全球網絡：戲曲載體的跨國流通

蒸汽船技術主導的近代海洋航運，以及帝國殖民主義編織的港口網絡，也將香港併入一個全球留聲機唱片事業版圖。筆者在另外一處指出，留聲機的發明是戲曲曲藝史的一件大事。[30] 西方唱片工業興起，香港成為跨國公司進軍中國市場的橋頭堡和轉口港。1906 年，德國「璧架唱片公司」（Beka Record G.m.b.H.，北方稱「蓓開」公司）創辦人海因里希·邦布（Heinrich Bumb）從新加坡抵達香港。他描述二十世紀初美、英、德三國留聲機唱片公司在香港的競爭態勢：

> 美國資本的唱片公司在香港佔據了主要市場：「歌林比亞留聲機公司」剛剛完成最新一期的錄音。據稱他們支

---

29 《申報》，1876 年 10 月 18 日。參林國輝：〈十九世紀香港戲園的建築特色和演劇內容〉，頁 15。
30 容世誠：〈序論〉，收入《粵韻留聲：唱片工業與廣東曲藝（1903-1953）》（香港：天地圖書有限公司，2006），頁 8。

付五萬美元，錄製了一千個曲目。「勝利」、「留聲機」、「新樂風」和「高亭」在港均有商業代表。[31]

這個時期香港是歐美留聲機唱片公司拓展中國市場的南方大門。上述「歌林比亞留聲機公司」創立於美國華盛頓，它和「勝利留聲機公司」（The Victor Talking Machine Company，北方稱「物克多」）、「國家留聲機公司」（National Phonograph Company）合稱「三巨頭」，執美國唱片工業牛耳。[32] 值得注意的是，這三家美國公司同一時期都有生產粵劇唱片；三者之中以勝利公司灌製的粵曲唱片廣泛留傳，最為顧曲周郎津津樂道。[33] 至於邦布提到的「留聲機」（「公司」或「商標」；英文譯本原文

---

31　"The Great Beka 'Expedition' 1905-6"，*The Talking Machine Review*, Issue 41 (August, 1976), pp. 729-731. 原文在 1906 年刊登於 *Der Phonographische Zeitschrift* 。

32　邦布原文是德文，1976 年翻譯成英文。英文翻譯文本中的 Columbia Graphophone Company，應指成立於 1889 年的美國 Columbia Phonograph Company。現在中譯成「歌林比亞留聲機公司」。哥林比亞留聲機公司（Columbia Phonograph Company）的營業歷史比較複雜，史料也相對模糊。早期的研究指出 Columbia Phonograph Company 於 1913 年更名 Columbia Graphophone Company。1925 年英國分公司又註冊為獨立的 Columbia Graphophone Company。參 Pekka Gronow, "The Record Industry Comes to the Orient"，*Ethnomusicology*, Vol.25, No.2 (May, 1981), pp 260-263. 1906 年邦布筆下所指的，顯然並非這一間英國重組公司。哥林比亞公司的發展歷史，參 "Columbia Corporate History: Introduction"，in Tim Brooks, *The Columbia Master Book Discography, Vol. I*, (Santa Barbara: Greenwood Press, 1999), https://adp.library.ucsb.edu/index.php/resources/detail/97#HistText_2（瀏覽日期：2022 年 2 月 26 日）。所謂「三巨頭」，參 Andre Millard, *America on Record: A History of Recorded Sound* (Cambridge: Cambridge University Press, 1995), pp. 49-57.

33　參 Pekka Gronow, "The Record Industry Comes to the Orient"，p. 259; 容世誠：《粵韻留聲：唱片工業與廣東曲藝（1903-1953）》，頁 65-68。

Gammophon）應指英國留聲機公司。這個時期留聲機公司的戲曲唱片，是由「謀得利」洋行代理分銷。下面會談及這間英資洋行的商業網絡。

唱片工業萌芽的二十世紀初，跨國留聲機公司不只在香港設立銷售據點，更以此殖民地港口作為灌錄戲曲唱片的基地。可是，璧架公司顯然是競逐市場的「遲來者」。邦布登岸香港時，目睹歌林比亞公司、勝利公司和留聲機公司已經佔據了市場位置。[34] 但邦布並不因此氣餒，迅即在港設立臨時錄音室（一般租用市內酒店房間），從廣州延聘粵劇戲班到港工作十天，為璧架公司灌製粵曲唱片。此外，又從汕頭邀聘戲班到港灌片錄音。[35] 同年（1906）11 月，璧架公司在紐約出版的《留聲機世界》（*Talking Machine World*）雜誌刊登大型廣告，列出該公司錄製的世界音樂唱片品種。除了西歐中亞各地唱片，廣告內容特別強調中國和印度兩個部分，又宣稱公司是「英國及其殖民地」唱片總代理。又印備一份長二百二十四頁的唱片曲目目錄，供免費索取，[36] 在廣告「中國」欄目下

---

34 根據美國領事商業匯報，1910 年美國進口中國的留聲機唱片商品總值 117,514 美元，經香港轉口的佔 40%。這個時期，美國留聲機唱片市場在於中國、日本和印度，德國產品則瞄準歐洲的中低檔市場。參 Department of Commerce and Labor, *Foreign Trade in Musical Instruments* (Special Consular Reports No. 55) (Washington: Government Printing Office, 1912), pp. 82-84. 同一時期，中國從英國進口的留聲機產品同樣也通過香港轉口，參杜軍民：〈貝利納，G&T 和英國留聲機公司錄製的中文唱片〉，頁 116-117。

35 "The Great Beka 'Expedition' 1905-6", *The Talking Machine Review*, Issue 41 (August, 1976), pp. 729-731.

36 *The Talking Machine World*, Vol.2, No.11 (November, 1906), p. 20.

面，細分六大曲種。分別是：汕頭調（Swatow）；外江調
（Guakau）；北京調（Pekinese）；山陝調（Shansinese）；
江南調（Kiangnanese）和廣東調（Cantonese）。以上分
類，反映了璧架公司生產的中國唱片曲種分類。所謂廣東
調、汕頭調和外江調，包括今天的粵劇、潮劇和外江戲，
應該就是邦布團隊在香港灌錄工程所取得的成果。

中國戲曲曲目出現在德國璧架公司的廣告目錄，具有
特別歷史意義。象徵近代錄音科技已經將戲曲藝術轉化為
聲音媒體商品，更被納入一個全球資本主義唱片生產銷售
網絡。當時璧架公司的主要競爭對手是歌林比亞公司。歌
林比亞公司創辦於 1889 年，最初規模較小。1896 年和美
國留聲機公司（American Graphophone Company）合併之
後，業務得以全面開展。到了 1905 年，分公司已經遍佈
歐、亞、澳各大城市，包括巴黎、柏林、維也納、聖彼德
堡、米蘭、悉尼，以及加拿大、墨西哥、日本和中國。[37]
是以 1906 年邦布抵埗後，驚覺歌林比亞公司在香港斥資
五萬美元灌製一千個曲目。這一點是有跡可尋的。

1910 年 12 月份的《留聲機世界》雜誌，有長文敘述
哥林比亞公司在香港的灌片活動：他們設立總辦事處和錄
音室，邀聘伶人樂師替公司灌錄了一百支粵曲，並遣派錄
音師從香港前赴廣州、潮汕和廈門灌錄潮曲和閩南唱。[38]

---

37　"Our Portrait Gallery", *The Phono Trader and Recorder*, Vol.2, No.2 (July 1905), p.
　　28.
38　據哥林比亞香港分公司主管 John Dorian 向美國總公司匯報。見 *The Talking
　　Machine World*, Vol.6, No.12 (December, 1910), p. 41, 24.

同一篇文章又刊出在港錄音室街景以及灌片伴奏樂隊兩幅照片。從後者可以看到，當年拍和灌錄粵曲唱片的樂器有：二弦、提琴、月琴、三弦、雙皮鼓、小鑼、大鈸和高邊鑼。但卻沒有出現大笛（嗩吶）和橫簫兩種吹管樂器。如果它如實反映了清末粵曲伴奏樂隊組合就很值得音樂學學者進一步深入研究。[39] 此外，《留聲機世界》的報導指出，當時三藩市和紐約唐人街都在售賣中國唱片，受到北美華人的熱烈歡迎，銷量相當可觀。[40] 其實早在 1903 年，三藩市唐人街已經在出售歌林比亞公司（又稱「歌霖鼻」）和勝利公司（又稱「域打」）的粵曲唱片。在當地華埠社區雜貨店可以買到各種款式的留聲機器，以及《辨才釋妖》、《打洞結拜》、《斬鄭恩》、《魯智深出家》、《百里奚會妻》、《打洞結拜》等一系列粵曲唱片。裏面大概也包括在香港錄音室製作的灌錄曲目。[41]

　　本文前言述及，二十世紀初英國「留聲機公司」展開環球灌片作業，遣派錄音師蓋斯伯格到上海和香港灌錄京曲粵曲。1903 年蓋斯伯格從日本回程抵達上海，由謀得利公司負責接待，並且通過「中介人」協助聯繫灌錄京

---

39　*The Talking Machine World*, Vol.6, No.12 (December, 1910), p. 49. 討論以上粵劇伴奏樂隊組合問題，得到余少華教授不吝賜教並提供詳細資料，於此致謝！然一切錯誤皆由筆者負責。關於粵劇拍和樂隊和樂器組合，參余少華：〈二十世紀初的粵劇樂隊觀念：太平戲院文物的啟示〉，收入容世誠編：《戲園‧紅船‧影畫：源氏珍藏「太平戲院文物」研究》，頁 154-171。

40　*The Talking Machine World*, Vol.1 (1905), p. 5.

41　參拙作〈嵌入全球網絡：近代粵曲唱片的生產與傳播（1903-1913）〉，收入彭小妍編：《跨文化實踐：現代華文文學文化》（台灣：中央研究院，2014），頁 99-120。

昆唱片。英資謀得利公司成立於 1875 年，1900 年註冊為
有限公司（S Moutrie & Co Ltd），總部位於英國倫敦，
主要售賣鋼琴以及各式西洋樂器。[42] 留聲機工業興起，謀
得利開始銷售留聲機和戲曲唱片，並代理英國留聲機公
司留聲機唱片。之後相繼在上海、日本橫濱（最遲 1900
年成立）、香港、天津、新加坡、吉隆坡設立分公司。
位於上海南京路的謀得利公司，就是留聲機公司的總分
銷代理。[43] 1906 年香港「謀得利有限公司」成立，門市部
位於香港中環商業中心地標畢打街大鐘樓（Pedder Street
Clock Tower）。同年公司刊登廣告一則如下：

> 本公司創設中華三十餘年，專辦各國名廠軍營戰鼓
> 號筒樂器，學堂需用大小風琴揚琴，以及英國頭等留聲機
> 器，各省大小唱碟久已馳名海外。……又不惜重資聘選京
> 都、廣東、汕頭、廈門第一等名班唱就成套新片，聲音較
> 前十倍響亮，質地更為堅固。非特永久不變，且曲調高雅

---

42　以上謀得利公司歷史及其各地支店成立年份，綜合自香港政府檔案處「上
海謀得利有限公司」檔案。裏面有呈送香港政府註冊處的業務備忘錄
單張（1906 年 2 月 28 日）。備忘錄上面印明公司成立於 1875 年。而謀
得利公司香港支店，也是在同年 1906 年註冊成立。見 HKRS111-4-74, "S.
Moutrie & Co. Ltd.", 1900-1941, "Company File 2041", Government Records
Service, HKSARS。另外，1924 年新加坡《海峽時報》有文章追述謀得利
公司歷史，也指出公司成立於 1875 年，並在 1900 年註冊為有限公司（S
Moutrie & Co Ltd）。參 "Fine Building Nearing Completion in Shanghai", The
Straits Times, (December, 1924).

43　上海謀得利公司致香港政府公司註冊處信函，1912 年 6 月 14 日。同上
注。箋頭印上：「留聲機公司」分銷代理。但一年之後即 1913 年，箋頭
已經轉為「勝利留聲機公司」分銷代理。關於英國留聲機公司和美國勝
利公司的合作關係，參 Pekka Gronow, "The Record Industry Comes to the
Orient", p. 254, 259.

> 無雙，加以計價從廉，以企招徠仕商光顧，務祈認明本公
> （司）各上列嘜頭為記，不致魚目之混。[44]

除了鋼琴等各種西洋樂器，香港謀得利公司代理英國留聲
機公司戲曲唱片。上文「嘜」是英語 mark 的粵語音譯；
「嘜頭」即商標（trade mark）。同一篇廣告列明在謀得利
門市部，可以購買到留聲機公司出品的「唱機嘜」和「飛
仙嘜」戲曲唱片（即留聲機商標，His Master's Voice；飛
仙商標，Flying Angel）。裏面包括廣東調、潮州調、廈
門調和京陝調地方戲曲唱片。以上在謀得利公司出售的廣
東調唱片，包括上述蓋斯伯格在香港錄製的粵曲唱片。

　　根據現存的一份 1903 年留聲機公司中國唱片目錄，
當年在香港為蓋斯伯格灌片的粵劇伶人，屬武生行當的有
公爺創、架子榮、大口東、靚耀。小生有細倫、亞廣、亞
福、亞沾等。屬公腳行當的有新保、亞孝、顛禮、新旦。
小武則有肥仔懷、潤蘇、大和、崩牙昭。總生有亞茂、
亞柏、梆子安等。男丑則有蛇公禮、蛇仔秋和鬼馬如。
男花旦有鮮花旺、廣仔、細明、白蛇滿、蘭花米、揚州

---

44　「香港英商謀得利有限公司」廣告，原刊於《粵東小說林》，1906 年（光
緒三十二年）第 7 期，重刊於黃伯耀、黃世仲：《中外小說林》（香港：
夏菲爾國際出版公司，2000），上冊，頁 168-169。標點為筆者所加。翌
年 1907 年，《華字日報》刊登「謀得利有限公司」廣告。門市部出售「藍
黃銀綠等色牌唱機嘜成套唱片」，更宣傳「不惜重資聘選京都粵省潮廈
名班唱新齣十寸至十式寸全套唱碟，此貨較前響亮十倍。物質更為堅
用，聲音永不改變，真謂蓋世無雙」。《華字日報》，1907 年 3 月 7 日。

清等。[45] 嘗試將這份受邀灌片伶人名單和上述同年（1903）到港上演大集會的伶人比較，列表如下：

| 1903 年大集會伶人 | 1902 年大集會伶人 | 1903 年灌片伶人 | 行當 | 1903 年灌錄曲目（例子） | 所屬戲班（1902-1903年度） |
|---|---|---|---|---|---|
| 新華 | / | / | 武生 | / | 瓊山玉 |
| 公爺創 | 公爺創 | 公爺創 | 武生 | 沙灘會 | 瓊山玉 |
| 蛇王蘇 | 蛇王蘇 | 蛇王蘇 | 花旦 | 花亭鬧酒 | 新周天樂 |
| 紮腳文 | 紮腳文 | 紮腳文 | 花旦 | 逃抱情牽 | 祝華年 |
| 小生鐸 | 小生鐸 | / | 小生 | / | 待考 |
| 靚耀 | 靚耀 | 靚耀 | 武生 | 福隆賣箭 | 周豐年 |
| 廣仔 | 廣仔 | 廣仔 | 花旦 | 夜吊秋喜 | 周豐年 |
| 蛇公禮 | 蛇公禮 | 蛇公禮 | 男丑 | 賣花二酬神 | 祝華年 |
| 蛇仔秋 | 蛇仔秋 | 蛇仔秋 | 男丑 | 武大郎報夢 | 新周天樂 |
| 細明 | / | 細明 | 花旦 | 送情郎 | 瓊山玉 |
| 小生倫 | 小生倫 | 小生倫 | 小生 | 狡婦痾鞋 | 祝堯年 |
| 小生換 | 小生換 | / | 小生 | / | 祝華年 |
| | 大和 | 大和 | 小武 | 黃土崗 | 國豐年 |
| | 揚州清 | 揚州清 | 花旦 | 寡婦訴冤 | 周豐年 |
| | 鮮花旺 | 鮮花旺 | 花旦 | 廢鐵生光 | 祝堯年 |
| | 小生沾 | 亞沾 | 小生 | 閨留學廣 | 吉慶來 |

---

45　見 1903 年留聲機公司 Catalogue of Chinese Gramophone Records，倫敦大英圖書館 EMI Archive 微捲資料。

對比之下，當時在香港為留聲機公司灌錄唱片的，包括
著名紅船戲班「國豐年」、「周豐年」、「瓊山玉」、「祝堯
年」和「祝華年」的粵劇紅伶；名單上面的蛇王蘇、揚州
清、公爺創、靚耀、紮腳文、廣仔、蛇公禮等，1902 年
和 1903 年都曾經受邀到香港參演大集會匯演。

　　根據蓋斯伯格的回憶，比起中國市場，美國、馬來
亞和澳洲的海外華僑對唱片有較大的需求。[46] 留聲機公司
所灌製的廣東調、汕頭調和外江調地方戲曲唱片，大概
也瞄準了當時僑居北美和南洋的華人社區。1909 年，謀
得利登陸馬來亞半島，於新加坡成立支店。[47] 同年，位於
新加坡商業中心萊佛士坊的「羅拔臣公司」（Robinson &
Company）出售留聲機公司在香港灌錄的《廢鐵生光》、
《醉斬鄭恩》、《閨留學廣》、《百花亭鬧酒》、《孔明歸
天》、《送情郎》等粵曲唱片。[48] 回頭來看，1906 年香港謀
得利公司代理出售留聲機公司粵劇唱片，具有深刻意義。
這個時候，香港一方面被納入以火船為運輸載體的英國殖
民地網絡，以海洋為橋樑接通全球經濟體系；更且受惠於
近代海洋貿易，成為紅船網絡覆蓋範圍的一個新興戲曲市
場。這種雙重網絡連接關係，可以用下表顯示：

46　Fred Gaisberg, *Music on Record*, p.64.
47　見 "Messrs Moutrie & Co"，*The Singapore Free Press and Mercantile
　　Advertiser 2*, (May, 1909. 容世誠：〈序論〉，《粵韻留聲：唱片工業與廣東曲
　　藝（1903-1953）》（香港：天地圖書有限公司，2006），頁 8-38。
48　見 "1909 Catalogue: New Gramophone Records 10 and 12 Inches"，The
　　Gramophone Co. Ltd, London，倫敦大英圖書館 EMI Archive 微捲資料。

| 清帝國 | 英帝國 |
|---|---|
| 紅船網絡 | 火船網絡 |
| 紅船戲班（演劇載體） | 粵曲唱片（聲音載體） |
| 廣州府珠江流域 | 全球海洋航運 |
| 以廣州吉慶公所為營運中心 | 倫敦謀得利總公司 |
| 番禺 - 東莞 - 南海 - 香山 -<br>新會 - 順德 - 台山 - 新安…… | 倫敦 - 上海 - 香港 - 天津 -<br>新加坡 - 吉隆坡 - 橫濱 |

香港

## 四、結語

中國戲曲有所謂「商路即戲路」的說法。1759 年清高宗乾隆（1736-1795 在位）訂立一口通商政策，廣州成為鴉片戰爭之前中國最大對外通商港口。各省客商商號雲集廣州，六省戲班包括姑蘇班、安徽班、江西班、湖南班、廣西班和河南班等，都集中在廣州演出。[49] 十九世紀中後期香港戲曲演劇趨向火熱興旺，可以說是體現了「商路即戲路」的近代「海洋版」。鴉片戰爭的觸發主因是近代海洋貿易，所謂船堅砲利的英國戰鬥艦隊，裏面就包括

---

49　冼玉清：〈清代六省戲班在廣東〉，《中山大學學報》，1963 年第 3 期，頁 108。

蒸汽船炮艦「復仇女神號」。[50] 隨着火船火車電報落實商業
民用、大英帝國構築殖民地港口網絡，重整了全球商貿空
間格局。無論出於自願與否，歷史的偶然和地理位置的必
然，將香港推上了「海洋號」全球化經濟列車。十九世紀
末香港戲園開始盛大籌演大集會，標誌香港已經發展為華
南地區的戲曲匯聚城市，在粵劇史上和廣州星月爭輝。這
個雙城故事一直延續到上世紀五十年代初，方才分道揚鑣
各自走上不同的藝術道路。

　　紅船戲班和粵曲唱片是晚清粵劇的兩種載體。留聲機
工業的興起，締造了筆者稱之為「第三類型戲曲」的「唱
片戲曲」。新科技（錄音技術）以及新體制（唱片工業）
為粵劇戲迷帶來「去場合」的戲曲體驗。[51] 聆聽戲曲不再
需要進入戲棚劇院：哪裏有留聲機（今天的智能手機），
那裏就可以接觸到中國戲曲。這也是一種「時間和空間壓
縮」的現代感官經驗。1903 年蓋斯伯格在香港灌錄粵曲
唱片，通過留聲機公司商業網絡銷售至海外華人社區，正
好體現二十世紀初珠江水域的紅船網絡和面向海洋的火船
網絡在香港一地的交匯接觸。當留聲機公司（和商業夥伴
美國勝利公司）的註冊商標——「主人的聲音」——同一
時期出現在香港《華字日報》、上海《申報》、三藩市《中
西日報》、新加坡《海峽時報》以及紐約《留聲機世界》，

---

50　Adrian G. Marshall, Nemesis: *The First Iron Warship and Her World* (Singapore: National University of Singapore Press, 2016).

51　見容世誠：〈序論〉，收入《粵韻留聲：唱片工業與廣東曲藝（1903-1953）》，頁 8-38。

意味留聲機工業已經將中國戲曲藝術（包括粵劇粵曲）悄悄地引進至城市以及私人空間；同時，也乘搭蒸汽火輪船漂洋過海，以鄉音樂韻撫慰北美、澳洲、南洋各地唐人街華人的孤寂鄉愁。

# 再論日本學者對中國戲劇表演史的開拓性研究
## ——以濱一衛的觀劇記為中心[1]

## 中里見敬

現職九州大學言語文化研究院教授。博士課程在日本東北大學完成。主修中國白話小説、敘事學。近十年從事九州大學圖書館濱文庫的整理工作。主要著作包括《中国小説の物語論的研究》，主要日文編著有《濱文庫所蔵唱本目録》、《〈春水〉手稿と日中の文學交流：周作人、謝冰心、濱一衛》、《濱文庫戲單圖録：中國芝居番付コレクション》、《中國戲單の世界：「戲單、劇場と20世紀前半の東アジア演劇」學術シンポジウム論文集》。

1 本文所用濱文庫所藏資料圖片，均經九州大學圖書館授權許可，在此深表謝意。本文為日本學術振興會科研項目（JSPS 科研費 21K00328）資助的階段性成果，並受到「嶺南當代藝術研究中心」資助。

# 李莉薇

　　現職華南師範大學外國語言文化學院教授。中山大學中文系中國戲曲史專業文學博士。曾任早稻田大學訪問學者、早稻田大學演劇博物館客座研究員。主要研究領域為中國戲曲史、中日戲劇交流史、戲劇學、日本中國學、比較文學與跨文化研究等。在《文藝研究》、《戲曲藝術》、《戲曲研究》、《中國比較文學》、《九州中國學報》等國內外刊物發表四十多篇學術論文、譯文。曾獲得第七屆王國維戲曲論文獎、廣東省第八屆優秀哲學社會科學成果獎。出版專著《近代日本對京劇的接受與研究》。

# 一、前言

　　九州大學中國文學研究者濱一衛（1909-1984）曾於
1934 年 6 月至 1936 年 6 月留學北平，期間居住在北京大
學教授周作人府上。濱一衛常去北平各家劇場看戲，且收
集了近二百張戲單。他收集的書籍和戲劇資料，現藏於
九州大學圖書館濱文庫。在日本中國學界，他是一位有
獨特地位的戲劇學者，既有辻聽花（1868-1931）、波多
野乾一（1890-1963）等早期「戲迷」報刊人的熱情，又
具有以青木正兒（1887-1964）為代表的「學院派」的嚴
謹學術風格。濱一衛早期研究中國戲劇的主要著作有兩
部 ——《北平的中國戲》及《支那芝居の話》，[2] 書中記載
了在北平所見的演員、劇目和舞台演出情況。此外，他在
中國各地旅行時，必定要去當地的劇場觀劇。他的旅行記
中留下了天津、開封、西安等地的戲劇記錄，因此，濱文
庫也收藏了除北平以外的各地的一些戲單和戲票。[3]

　　中里見敬的〈濱一衛所見 1930 年代中國戲劇 —— 一
個開拓表演史研究的日本學者〉（2014）對濱一衛的部分
文章和他所搜集的戲單做了初步的探討。[4] 之後在〈濱一衛

---

2　濱一衛：《北平的中國戲》（東京：秋豐園，1936）；濱一衛：《支那芝居
　　の話》（東京：弘文堂書房，1944）。前者已由李莉薇翻譯為中文，將
　　出版。
3　濱文庫所藏戲單、戲票，現均收錄在中里見敬、松浦恆雄編《濱文庫戲
　　單圖錄 —— 中國芝居番付コレクシヨン》（福岡：花書院，2021）一書中。
4　中里見敬：〈濱一衛所見 1930 年代中國戲劇 —— 一個開拓表演史研究的
　　日本學者〉，《文化遺產》，第 4 期（2014 年 7 月），頁 109-117。

的三次訪華及其觀劇活動 —— 兼濱文庫所藏戲單考察與整理〉（2020）一文中，主要整理、探討了濱一衛在北平留學、觀劇的具體細節。[5] 這次我們對濱一衛所寫旅行記中的觀劇紀錄進行整理，通過觀劇記和相關材料探討濱一衛對中國戲劇的看法和態度，希望能為學術界提供一些新的材料和新的視角。

## 二、濱一衛的天津、開封、西安、南潯鎮觀劇記

　　濱一衛在留學期間，以日本外務省的補助為經費進行了兩次考察旅行。第一次是 1936 年 2 月 29 日從北平出發，去了天津、曲阜、徐州、開封、洛陽、西安旅行，寫下了〈曲阜徐州開封洛陽西安旅行記〉和〈曲阜徐州開封洛陽西安旅行記筆記〉兩篇文章。[6] 第二次是 1936 年 4 月至 5 月從北平去了天津、大連、奉天、上海、杭州、蘇

---

5　中里見敬：〈濱一衛的三次訪華及其觀劇活動 —— 兼濱文庫所藏戲單考察與整理〉，《戲曲研究》，第 113 輯（2020 年 4 月），頁 30-45。

6　九州大學圖書館自 2021 年 3 月起公開濱一衛手稿。手稿參見濱一衛：〈曲阜徐州開封洛陽西安旅行記〉，http://hdl.handle.net/2324/4369968；整理稿見濱一衛著，中里見敬整理：〈曲阜徐州開封洛陽西安旅行記〉，《言語文化論究》，2010 年第 25 期，頁 178-200，http://hdl.handle.net/2324/18370。手稿參見濱一衛：〈曲阜徐州開封洛陽西安旅行記筆記〉，http://hdl.handle.net/2324/4369967；整理稿參見濱一衛著，中里見敬、稻森雅子整理：〈曲阜徐州開封洛陽西安旅行記筆記〉，《言語文化論究》，2021 年第 47 期，頁 107-122，http://hdl.handle.net/2324/4736689。

州、南潯等地。這次濱一衛沒有留下旅行記，但 1956 年
發表了一篇題為〈南崑之變遷〉的論文，以及一篇回想
錄。[7] 可見這是一次印象極深的觀劇旅行。

　　下面，我們根據濱一衛的觀劇記復原他所看演出的實
際情況，並據此討論觀劇與研究之關係以及觀劇之於研究
的意義與價值。

## （一）天津

　　1936 年 2 月 29 日，濱一衛離開北平，到天津的日本
總領事館辦理護照。辦完手續後，於搭乘夜車之前的下
午，濱一衛到天津中原遊藝場欣賞了各種地方戲、曲藝的
演出。〈曲阜徐州開封洛陽西安旅行記〉寫道：

> 　　上午十一時五十分火車到達天津。在總領事館拿了
> 護照後，我們一直呆在中原公司的遊藝場，直至坐上晚上
> 的火車。花兩毛錢，就可以把三樓的落子館、四樓的評劇
> 場、電影和五樓的大劇場看個遍，很是便宜。大概和大阪
> 叫「樂天地」（按：樂天地是位於大阪市南區難波新地四
> 番町〔現中央區千日前〕的劇場、演藝場和娛樂殿堂。是
> 日本大正時代大阪最有代表性的大眾娛樂場所。）的地方
> 差不多。大劇場的好位置只需要多花兩毛，現在就可以看

---

7　濱一衛：〈南崑之變遷〉，《文学論輯》，1956 年第 4 期。濱一衛：〈劉氏
　　の嘉業堂〉，《圖書館情報：九州大學附屬圖書館月報》，1969 年第 5 期，
　　頁 41-46，http://hdl.handle.net/2324/18023。

到張淑蘭、楊博生的演出，加上之前是梁韻秋這種級別演員的演出，絕對說不上票價貴。據天津人說：這裏什麼時候都是如此場場滿座的。大劇場正在演出的皮黃是《玉堂春》，稍微看了一下並無甚特別之處。四樓的評劇也和北平的評劇完全一樣，於是就去聽三樓的落子館了。

剛好聽了花小紅的梅花大鼓《黛玉歸天》。伴奏是兩把二胡和琵琶。每逢伴奏和花小紅的演唱間隙，必贏得一片喝采聲，很是熱鬧。

種種大鼓之中我最喜歡梅花調，不覺陶醉其中。不過，還是比不上北平的郭小霞。和北平的曲藝最不一樣的當是河南墜子。右手持拍板左手持筷子狀的竹片來演出，這點和北平是一樣的。我倒沒有看到在低過腰的台上放的塗黑的大鼓。當然並不是在北平沒有聽過無大鼓伴奏的墜子，但這裏的較為稀罕。

1910 年代興起了一種新型娛樂場所，即「遊藝場」。與傳統的戲院不同，觀眾可在一處欣賞多種戲劇、曲藝、雜耍、魔術、電影等，同時還可以飲食和購物。上海有樓外樓、新世界、大世界、小世界等，北平有新世界、城南等，天津也有張園、大羅天、勸業場等遊藝場。周利成、周雅男編著的《天津老戲園》一書介紹了中原遊藝場的歷史變遷：

中原公司妙舞台 1920 年春開業，設在日租界中原公司內，四樓演京劇，五樓演評劇、曲藝，六樓演露天電

影，夏日設置屋頂花園，冬天則在室內，三處通票一角五分，觀眾可以隨意逗留，時間從下午 2 點到午夜 12 點。（中略）1935 年 1 月，改建為中原遊藝場，廣東人鄭瑞階任遊藝場經理。五樓大戲部是遊藝場的主體，專演《釋迦牟尼出世》、《彭公案》等燈光佈景的連台本戲。1936 年，因聘請了由南京來津的小彩舞而轟動一時，後又有鐵片大鼓王佩臣、梅花大鼓花四寶等雜耍名家登台獻藝，讓中原遊藝場的三樓雜耍場威名遠播。[8]

濱一衛在中原遊藝場先看了一下京劇和評戲，覺得和北平的沒有兩樣，[9] 之後在三樓的落子館欣賞了梅花調、平韻大鼓、皮黃西皮、戲情墜子等什樣雜耍。

五樓大劇場，這天早場上演的是《全部新玉堂春》（嫖院起至團圓止），由楊博生、張淑嫻、張淑蘭等演員演出。四樓評戲的早場是花春舫、白蓮花的《小過年》，花碧蘭的《女開店》，劉玉珍、郭硯芳的《敗子回頭》（全本），周紫霞的《蓮花庵》（全本）。三樓上演的是什樣雜耍。據戲單記載，這一天演出梅花大鼓的是花小紅和劉玉芳，演出河南墜子的有鞏玉榮。濱一衛看到的應該就是這些演員。他還注意到河南墜子的演出方式，即只用拍板和竹片，沒有大鼓。

---

8　天津市檔案館主編，周利成、周雅男編著：《天津老戲園》（天津：天津人民出版社，2005），頁 237。

9　濱一衛有一篇專門研究評戲的論文，參濱一衛：〈平戲考〉，《松山高商論集》，1942 年第 4 期。

　　梅花大鼓，又稱梅花調。產生於清代中葉，流傳於北京、天津等地。《京韻流芳：北京民間曲藝選介》稱：「在梅花大鼓的發展過程中，形成了兩大流派，分別是金派與盧派。金派是梅花大鼓的第一流派，它的創始人即是金萬昌。（中略）金萬昌的嗓音多顎音，韻味沉厚醇濃，行腔婉轉柔雅；吐字發音十分講究，乾脆瀟灑，不拙不飄，底字低音雄渾有力。（中略）後來，金萬昌應邀到天津演出，天津便也開始流行梅花大鼓。到了二十世紀二十年代後期，梅花大鼓已經在天津雜耍園中佔有相當重要的地位，成為了常見的曲種。」三四十年代北京著名的女演員有郭筱霞、宋大紅、花蓮寶、孫硯琴、劉淑慧等，由於女演員歌喉圓潤，善於抒情，唱腔徐緩迂迴、韻味醇厚，遂以「悲、媚、脆」著稱，在北京風行一時。[10] 據《中國曲藝志·北京卷》記載：二十世紀三十年代初，瞽目弦師盧成科再次對梅花大鼓的曲調、唱腔、唱法進行革新，加強了藝術表現力，豐富了伴奏音樂，尤其是上下三番的間奏，顯得更為火熾熱烈、新鮮活潑。他去天津後傳授了一批女弟子，形成了梅花大鼓中的「盧派」。天津的梅花大鼓大多數是從師於花（盧）派，形成了與北京的金派梅花大鼓遙相呼應的局面。[11]

　　濱一衛之所以喜歡聽梅花大鼓大概是因為「唱詞雅

---

10　張維佳、張馳編著：《京韻流芳：北京民間曲藝選介》（北京：商務印書館，2017），頁 154-156。《中國曲藝志·北京卷》（北京：中國 ISBN 中心，1999），頁 71-72。

11　《中國曲藝志·北京卷》，頁 71-72。張維佳、張馳編著：《京韻流芳：北京民間曲藝選介》，頁 158。

致，曲調優美，相比其他種類的鼓曲，不那麼通俗淺顯，所以也能給人一種雅的感覺」。[12] 或許因為濱一衛在天津看到的花小紅和劉玉芳屬於「盧派」，有着不同的韻味，因此他感覺不如北平的郭筱霞。《黛玉歸天》是梅花大鼓的傳統曲目，《中國曲藝志‧北京卷》中有著錄。[13]

濱文庫收藏了 1936 年 2 月 29 日中原遊藝場的戲單，可以與濱一衛旅行記的記載互為佐證及補充。另外，早稻田大學演劇博物館收藏了 1920 年代天津遊藝場的戲單，包括張園遊藝場二十六張，其中有兩張重複；大羅天遊藝場七張，現已公開於演劇博物館網頁上。[14]

圖1

1936 年 2 月 29 日天津中原公司遊藝場戲單
（濱文庫 / 未整理）

---

12　張維佳、張馳編著：《京韻流芳：北京民間曲藝選介》，頁 144。

13　《中國曲藝志‧北京卷》，頁 264。

14　中国芝居番付データベース（https://www.waseda.jp/enpaku/db/）；The Database of Chinese Theater Programs（https://archive.waseda.jp/archive/database.html?arg={}&lang=en）。參看鈴木直子：〈早稻田大學演劇博物館所藏の戲單〉，收入中里見敬編：《中國戲單の世界》（福岡：花書院，2021）。

## （二）開封

在開封觀劇的紀錄很詳細。1936 年 3 月 3 日濱一衛在開封相國寺內聽到了河南墜子的《華容道》和《黛玉歸天》。現從〈曲阜徐州開封洛陽西安旅行記〉引用相關記載：

> 回到旅館休息後，三點左右到了附近的相國寺。正面中央有一座牌樓，朝南而立非常宏偉。從牌樓的東西邊可進到相國寺中。挨着牌樓有一座富麗堂皇的公會堂。寺中最顯眼的是八角殿，飛簷四出，威風凜凜，仿佛居高臨下，俯視着正殿。鑲嵌玻璃窗的正殿，現改為民眾教育館。
>
> 寺廟院內一帶，像北平的天橋一樣，擺着各種小販的攤子，此外，還有唱曲、說書、算命之類。用席子搭的棚子中傳出梆子、三弦、二胡的聲音來。河南墜子最多，因為是發源地的緣故吧。我讓跟隨的警察把我帶到最好的棚子裏。這是個大約二十坪的場所，正面為舞台，──說是舞台，只有一個桌子 ── 掛着褪色而變黑了的中華民國國旗。右側是燒水煮茶的地方，前面用席子擋住，側面可以出入。左側則是歌手等候出場之處，有六、七個滿臉塗着白粉的十五、六到二十七、八歲的女子，邊聊天邊等着。她們發現我們跟着警察從後面人挨人的站席中穿過，來到前面空着的很破舊的藤椅那兒坐下，急忙低聲耳語。不久，換人開始唱《華容道》。和北平的河南墜子似乎一模一樣，就是沒有大鼓聽不慣。河南墜子特有的長長的插話之間沒有大鼓，覺着很寂寞。沒有大鼓，但左手拿着像

竹筷一樣的木棒，巧妙地代替着扇子。還有一個和北平不同的是，旁邊站着一個插各種話的人，避免單調。除了這兩點，和在北平聽到的墜子沒有兩樣。關於敲大鼓，北平天津正流行所謂大鼓書，因而在平津演墜子時，大概為了迎合看客的趣味加上了大鼓 —— 卻不知為何用矮腳的大鼓。中間夾雜的各種插話，並不是不可缺少的，也許由於費用的關係，就省略掉的吧。接着《華容道》，開始唱《紅樓夢》的《黛玉歸天》時，我開玩笑指着前面的旗子問警察說：「那個是不是國旗？」這個青年警察驚慌地說：「對。」他立即驕橫地讓坐在歌手等候處的老太婆 —— 她大概是老板 —— 把旗子跟外邊的換掉。她嘲笑似地說：「現在沒有，明天換。」好像國旗算不了什麼東西似的。警察跟老太婆談判時，看客你吵我鬧，歌也停唱了，我很擔心怎麼收場。在中國，吵架總會有出面調解的人，這時來了另一個警察勸架，風波就此平息。此處當然沒有採用門票制度，而是每一曲唱完後就給賞錢。在北平賞錢至多四、五枚銅錢，而在這兒，包括警察，我們一共四個人，按警察所說每一曲賞了二十錢，覺得實在浪費，聽完第三個曲子，我們就離開了。

　　院內有各種小攤子，我買了唱本兒、象棋、玩具等等，警察把它們一一記在本子上，我覺得很可笑。

據 1936 年的《相國寺民眾娛樂調查》，「當時相國寺內的唱墜字的茶園只有七家」，即青春茶園、新華茶園、同樂茶園、文明茶園、公義茶園、金盛茶園、順興茶園。

該書記載道:「現在相國寺內的唱墜字者,以青春茶園的范禮鳳、張禮翠,最為出色」,並列出三十六名藝人的姓名、性別、年齡、籍貫、住址、唱地、學藝時間、所唱的曲及備考。如「范禮鳳:女、一七、開封、後百子堂二九號、青春茶園、九歲學藝,唱了八年。能唱百多曲,以鳳儀亭,單刀赴會,黃鶴樓為拿手。曾往北平、天津、河南各縣唱墜字。」[15]

　　《相國寺民眾娛樂調查》除了藝人、演目外,還調查了藝人的收入待遇、聽眾的社會地位等,是一部社會意識很強的調查。[16]該書的記載和濱一衛的紀錄有助於我們理解當時河南墜子演出的實際情況。濱一衛還指出了和北平上演的河南墜子不同的兩個特點:一是沒有大鼓(和天津一樣),二是旁邊有人插話,以避免單調。

　　濱一衛看完河南墜子後,在相國寺內的小攤兒上買了一些唱本。濱文庫所藏唱本第五幀收錄由鄭州聚文堂、

---

15　張履謙編:《相國寺民眾娛樂調查》(相國寺特殊調查之二)(開封:開封教育實驗區出版部,1936;香港:古佚小說會,2009),頁107-109。

16　張履謙編:《相國寺民眾娛樂調查》,頁114-115有如下記載:「他們每日賣唱的時間是上午十時到下午五時,係分班唱,每個人的收入,月有十五元至四十元的。收錢的方式,是在每段唱完之後,由正唱墜字的姑娘或者閑着的姑娘持一籐簸向聽眾討錢。每個觀眾有多給至五角的,少者僅給銅元數枚。如果有好聽墜字或友好某姑娘的先生高興聽某曲,將某姑娘的戲摺拿來點唱,每曲是一元,他們也可以出堂會去獻藝。他們的聽眾,什麼人也有,就是婦女們也常去聽。最多的聽眾還是我們被生活利刃宰割不能吐氣的大眾和兵大爺先生,所謂『才儲八斗,學富五車』及能夠看『A、B、C、D……』的士君子和洋翰林們是不去的。像我們這樣的跑去訪問他們,與他們說這說那,聽他們的唱墜字,在他們是很驚奇的。一天的午後,F君他想去聽墜字,我們走到青春茶園坐下,我憑着熟人的關係,點了鳳儀亭,但F君聽着很不自然,不如他坐在大陸看電影那樣安靜,使我感到娛樂的階級性和藝術的階級性的存在。」

富文齋、大文齋印行的刊本共二十三冊，[17]第十帙收錄由
洛陽新民社、魁文書局、文興印刷所刊行的石印本，以及
雪苑山房、（汴省）文聚堂、酉山堂、義齋、友文堂印行
的刊本共三十六冊。[18]濱一衛在開封購買的這些唱本，就
連日本東京大學東洋文化研究所雙紅堂文庫以及早稻田大
學圖書館風陵文庫這兩個大量收藏中國唱本的文庫都無所
藏，可謂極其珍貴。其中洛陽出刊的石印本封面設計新
穎，風格獨特。唱本內容有待深入研究。

圖 2

《勸士農工商》洛陽 新民社石印本
（濱文庫／集 171/1） 左：封面，右：卷首

---

17　中里見敬、山根泰志、戚世雋編：〈濱文庫所藏唱本目錄稿（二）〉，《言
語科學》，2011 年第 46 期，頁 147-166，http://hdl.handle.net/2324/19370。
後收於《濱文庫所藏唱本目錄》（福岡：花書院，2015）。

18　中里見敬、山根泰志、戚世雋編：〈濱文庫所藏唱本目錄稿（四）〉，《言
語科學》，2012 年第 47 期，頁 91-110，http://hdl.handle.net/2324/21683。
後收於《濱文庫所藏唱本目錄》。

圖3

《劉統勳私訪梁鄉縣》洛陽 新民社石印本
（濱文庫／集171/5）　左：封面，右：卷首

　　3月3日晚上濱一衛在永安舞台看了河南梆子（豫劇）《後本梅降雪》的演出，3月4日白天還看了《頭本紫金鐲》。〈曲阜徐州開封洛陽西安旅行記〉寫道：

　　　　吃完晚飯後，去相國寺院內的永安舞台聽了老義成班的河南梆子（土戲）。由馬雙枝、王潤枝、張心田等組成的科班，似乎是以女演員為主的。演出晝夜兩場，白天從上午11點到下午3點，夜場6點至10點。我聽了兩場，3月3日夜場和3月4日白天場。客座中，和北平不同的是站箭，相當於北平的廊子。入場時，要買用竹子做的箭。我看的兩次站滿擁擠得像沙丁魚罐頭，讓人不禁感嘆這麼擁擠還要看戲。不過，他們每一個都帶着中國人某種特有的快樂表情。中間的池子和北平一樣有椅子。舞台的結構也和北平的舊式舞台一致，正面上部掛着「現身說

法」的大匾額，上場門上寫着「金聲」，下場門上寫着「玉振」。舞台正面中間有場面（樂隊）。面對舞台右邊依次有梆子，月琴，京胡，三絃，單皮鼓，左邊戲台梆子的樂手，還兼任在舞台上扔坐墊，擺換椅子。第一天看了《後本梅降雪》，第二天看了《頭本紫金鐲》，都是一個勁兒地演着故事，沒有什麼精彩場面。當然唱的是梆子調，不過是我聽過的梆子調當中最幼稚的。從頭到尾都是突然把調子拉高，然後漸漸低下來，重複着這一樂譜。雖然這是梆子調的特點，但高音似乎跑調了，並且單調，所以音樂上幾乎沒有值得一聽的價值。衣裳和道具卻相當好，跟京戲差不多，但表演方面土裏土氣，看這樣的表演，聽這樣的歌唱，難以理解看客為什麼會如此着迷。表演中有一個特別的做派，為了表示戲台上時間的進行，幫手圍着主角轉，這一動作在任何地方戲中都沒看到過。總之，河南梆子的特點是：腳色有正旦淨丑之別，主要演全本戲的非常原始的梆子調。鄭州、洛陽等地也有河南梆子，但省城開封是中心地，在永安、豫聲、同樂三個戲院演土戲。這種土戲的勢力，語言上範圍狹窄，從他省來的人很難聽懂。別說外地來的軍人、官人，連當地人在外地住久了的也不屑一顧。這種土戲可以說是靠當地老百姓支持、捧場。因此，還不至於被當今風靡全國的皮黃的勢力所排擠，但也得不到發展。

永安舞台，「位於相國寺北院，民國十五年修建，由中山市場管理所利用廟宇大殿舊址蓋成，為席頂木架結構

的戲園。這裏曾是豫劇名演員薈萃的義成班演出基地，並
首創了戲班與戲園結合的先例，命名為『永安舞台』。民
國二十七年開封淪陷後停業輟演。」[19] 濱文庫收藏了這兩
天的戲單。《後本梅降雪》、《頭本紫金鐲》均由楊金玉、
馬雙枝演出。楊金玉「民國九年後任班主。民國十四年
以義成班為班底，在開封相國寺永安舞台組班演出，任
掌班。民國十八年與豫劇演員馬雙枝偕為伉儷。」[20] 當時
開封有兩個著名演員，李文哲〈介紹開封梆戲二怪傑〉
寫道：

> 　　在開封提到了楊金玉、趙義庭兩個人，正相像在別處
> 談起梅蘭芳、余叔岩一樣的負着盛名。（中略）「名震河南」
> 「譽滿開封」這八個字，楊趙二伶，卻可當之而無愧。
>
> 　　楊金玉 —— 真是梆劇中的怪傑。無論生、淨、丑、
> 各樣角色，他卻都會來一套。而且演來又十分逼真，十分
> 老練，令人嘆賞不迭。（中略）他的夫人馬雙枝，現在與
> 楊同台出演。因為馬雙枝演的是花旦戲，（中略）所以每
> 次總是他你們（按：此處似乎有誤，現保留原文。）兩個
> 合演，好不羨煞人也。
>
> 　　趙義成（按：「成」字該是「庭」字之誤）—— 這個
> 梆劇中的怪傑，不但是生旦都會，而且硬軟工夫，又有十
> 分的根底。他現在本市豫聲劇社出演，梆戲大王陳素真女
> 士，視之如左右手，豫聲劇社之所以能夠天天滿座，一部

---

19 《中國戲曲志·河南卷》（北京：文化藝術出版社，1992），頁 519。
20 同上，頁 651。

分就是他的力量。[21]

　　豫聲劇社「名角薈萃，行當齊全，成為當時開封梆子戲中演員陣容最為強大的團體。（中略）民國二十五年上海百代、勝利唱片公司來汴為陳素真、田岫玲、趙義庭等灌製了唱片。」[22]濱文庫所藏一百五十四張唱片中，雖然有中國各地地方戲的唱片，但是沒有收藏這一豫劇唱片。[23]濱一衛在開封滯留時間短暫，沒能觀賞到趙義庭的演出及其舞台。

　　濱一衛看到的女演員馬雙枝是從河南墜子改唱豫劇的，夫子〈河南梆戲坤伶艷史〉有如下記載：

　　　　馬雙枝，她是梆戲坤伶的老前輩，在民國十八九年，是她的鼎盛時代，也許還早一些，她的芳名已為婦孺咸知了。她的臉蛋兒，生得白光光的，瘦長的身材，是很適中的。不過，她是一個舊時的模型人物，兩隻足纏得很小，頭髮也還蓄着，要是拿現代眼光看來批評她，未免就有些落伍了。可是在普通一般人的舊眼光來看，真是一個古代美人。她的出身是唱河南墜子，她在唱墜子的時候，便是赫赫有名的人物了。所以，她改唱梆子戲，一唱便紅，（中略）她在唱墜子的時候，最要好的便是現在她的「黑

---

21　李文哲：〈介紹開封梆戲二怪傑〉，《十日戲劇》，1937 年第 4 期。

22　《中國戲曲志・河南卷》，頁 463。

23　中里見敬、中塚亮、長嶺亮子：〈濱文庫所藏唱片目錄〉，《九州大學附屬圖書館研究開發室年報》（2019/2020），2020 年，頁 1-26，http://hdl.handle.net/2324/4061014。

漆板橙」楊金玉，楊是一個唱梆子戲的，所以，馬雙枝就拜楊金玉為老師學起梆子戲了。[24]

　　濱一衛並不太在乎演員的長相，他更注意舞台的結構、看客的樣子、樂器、演員的唱腔及動作等等。他還特意指出當地百姓觀眾欣然觀劇的光景。濱一衛最後對豫劇的將來如此判斷：「這種土戲可以說是靠當地老百姓支持、捧場。因此，還不至於被當今風靡全國的皮黃的勢力所排擠，但也得不到發展。」

　　濱文庫收藏了 1936 年 3 月 3、4 日兩天的戲單，還藏有 3 月 4 日的戲票。戲票上印着「男票每位大洋壹角」字樣，可見當時永安舞台還保留着男女分坐的習慣。

圖 4

1936 年 3 月 3 日開封永安舞台戲單
（濱文庫／集 181/65）

---

24　夫子：〈河南梆戲坤伶艷史〉，《十日戲劇》，1937 年第 13 期。

圖 5

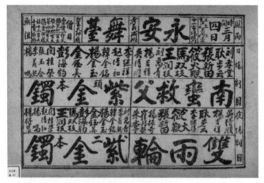

圖 6

1936 年 3 月 4 日開封永安舞台戲單
（濱文庫 / 集 181/64）

1936 年 3 月 4
日開封永安舞台
戲票（濱文庫 /
集 181/12）

### （三）西安

　　1936 年 3 月 6 日，濱一衞到達西安。3 月 7 日，他
們一行租車觀光，晚上 8 點濱一衞獨自行走到了素負盛名
的易俗社。濱一衞〈曲阜徐州開封洛陽西安旅行記筆記〉
較為詳細地描寫了劇場演出的情境：

　　　　易俗社的花牌樓前，有賣票處。前排座僅需四十錢。
　　進了門，裏面光線太暗，黑漆漆的，連人影也看不清楚。
　　稍往前走，傳來胡琴高揚的琴音和梆子的音聲。我驚住
　　了。因為這兒是在露天演出的。露天劇場大體上和北平的
　　下等劇場無異。天棚上邊搭葦草編的席子。劇場裏邊坐滿
　　了人，只剩下最前面很不好的位置。正好是上場的地方，
　　有個大大的柱子擋着，妨礙觀看。茶水端上來了，倒是和

北平的一樣。舞台正面中心寫着幾個字：今晚中班、《淝水之戰》。現在正上演的是否就是該劇不得而知。舞台上表演的大概是大花臉，頗為有趣地耍着北平也見不到的大型刀具。總之，整場戲因為是從中間開始看，我對於故事情節完全不知。

這齣戲既有小生也有老生的演出。青衣王天民也出場了。甚美。科白說得很甜蜜。細柳眉眼，很有魅力，特別是與小生王仲易合演的戀愛場景情意綿綿，很是性感。從遠處看有些看不清楚他的樣子，大概是三十多歲的光景。長着一副豐滿的臉龐，很適合舞台演出，看來受歡迎也是不無道理的。武淨的武打、變換造型之處的動作，還有說白等等，都頗有舊時之風。此時，老旦動了一下肩膀 —— 普通的老旦會只是稍微動一下，並無這麼大的動作。山西梆子、直隸梆子也大概有這些表演吧？接下來，是兩個小花臉出場。戲很好，演得很有意思。能擁有如此出色的戲劇，想必當地的文化一定有古老悠久的歷史底蘊。看來，青木先生所說「西皮調源於秦腔」的見解，並非毫無根據。這從現今西皮的腔調中可見一端。

秦腔的樂器是兩把胡琴和梆子，其他的和皮黃無大差別。上場門處是兩把胡琴演奏，其他演奏均在下場門處。本來易俗社有自己的舞台，但現時正好在修葺。現在的劇場是露天劇場，所以舞台很高，如果坐在最前面的座位，大概就只能看到舞台上伶人的上半身了。易俗社是西安首屈一指的劇社，演員的技藝也是極好的，服裝也是上海製作的上等貨。行頭、小道具等等，都和皮黃的無

異。(中略)

今日之秦腔大概早已不是原來的秦腔,但仍保留了原來大部分的旨趣。我們初次聽秦腔之時,全然沒有半點聽不慣之處。演出的動作武打等等,完全和皮黃一樣,並無山西梆子、直隸梆子和皮黃那麼大的差異。

民國元年(1912)由李桐軒等人為首的陝西同盟會員,以「輔助社會教育」、「啟迪民智」、「移風易俗」為宗旨成立了西安易俗社。從民國四年(1915)至民國三十八年(1949),培養了十三期學生,累計六百餘人,其中劉箴俗被稱「西劉」(北梅、南歐),王天民被譽為「西京梅蘭芳」。[25]西安還有一個有名的秦腔班社,即三意社,民國四年由民間藝人蘇長泰、耶金山創建。除招收第一期學生外,演員全是「江湖藝人」。[26]雖然濱一衛旅行記中只有易俗社的觀劇紀錄,但濱文庫中收藏有易俗社、三意社兩張戲票,所以兩個劇場他應該都去過(圖7、8)。

3月7日晚上8時濱一衛去看易俗社的公演。這時,易俗社劇場正在重新裝修,所以在用葦席搭棚的露天劇場演戲。從濱一衛觀劇記得知,易俗社演戲的水平極高,包括演員、衣裳、音樂等,有深厚的文化底蘊,所以濱一衛筆下所寫內容也非常生動。

西安易俗社是民國元年成立的「一個將戲曲教育與演出相結合的新型藝術團體」,他們「從一開始,就以演

---

25 《中國戲曲志・陝西卷》(北京:中國 ISBN 出版中心,1995),頁 519-521。
26 同上,頁 521-522。

出自己編寫的劇目為特點」。[27]「易俗社設有一批專門編寫
劇本的編輯（按：指編劇），先後共有二三十人。（中略）
這些劇作家舊學淵博，其中不少人是前清時的舉人、貢
生，有的人西學也有一定基礎，在哲學、經濟、法律、自
然科學方面造詣頗深。特別是對戲曲一道有特殊的愛好和
研究，立志通過群眾喜聞樂見的藝術形式，達到易俗社既
定的宗旨和目的。」關於易俗社所具備的歷史性意義，傅
謹寫道：「易俗社還是一個其影響超出了秦腔界的戲劇表
演團體，尤其是在他們的演出逐漸得到觀眾的認可，更引
發了各地戲劇界效法之風」。傅謹並指出：「重視自己編
創劇目，尤其是始終讓學生們上演他們自己創作的劇目，
以新編腳本為主，成為易俗社極鮮明的特色」。[28]

　　濱一衛觀看的《淝水之戰》竟然也是謝邁千新編的
劇目，事出《晉書・謝安傳》。「易俗社 1933 年秋首演，
陳雨農、唐虎臣排導。為鬚生、武生唱做打並重戲，耿善
民飾謝安。1934 年上海百代公司灌有其《謝安游山》唱
片。」1937 年易俗社第二次在北平演出時，新編的《山
河破碎》、《還我河山》、《淝水之戰》等劇目，以強烈的
愛國主義劇情，精彩的表演藝術，得到了北平戲劇界、新
聞界、文化界的高度評價。[29]

27　陝西省戲劇志編纂委員會編，魚訊主編：《陝西省戲劇志・西安市卷》（西
　　安：三秦出版社，1998），頁 539、17。
28　傅謹：《20 世紀中國戲劇史》（北京：中國社會科學出版社，2016），頁
　　123、119。
29　《陝西省戲劇志・西安市卷》，頁 242、19。王正強編著：《秦腔大辭典》
　　（上海：上海辭書出版社，2014），頁 184。

　　據郭紅軍主編《民國時期西安秦腔班社戲報匯編‧易俗社卷》，從 1935 年 8 月至 1936 年 7 月的一年中可以確認十八場《淝水之戰》演出的紀錄。[30] 如：

　　　　1935 年 12 月 15 日　王天民、耿善民、李可易、康頓易、高符中、王秉中、劉清華、湯滌俗、耿慧中、全育中、馬平民、楊實易、賈明易、賈全國

　　　　1936 年 4 月 29 日　王天民、耿善民、康頓易、高符中、王秉中、蕭笠易、趙柱國、劉清華、賈全國、馬平民、賈明易

　　　　1936 年 5 月 26 日　王天民、高符中、耿善民、趙柱國、王秉中、康頓易、張鎮中、李可易、蕭笠易、劉清華、徐元民、馬平民、湯滌俗、全育中、楊順易、賈全國、賈明易 [31]

　　從這些演出可以推測，濱一衛觀看的 1936 年 3 月 7 日的《淝水之戰》除了王天民外，大概也由鬚生耿善民，花臉李可易，小生康頓易、王秉中，旦角高符中，丑角馬平民等演員演出。這些演員都是易俗社的第二代優秀演員，曾

---

30　分別為 1935 年 8 月 24 日，11 月 24、27，12 月 15 日，1936 年 4 月 29 日，5 月 26、28、31，7 月 10、18、29，8 月 8、21，9 月 23 日，10 月 1、7、14、31 日。

31　郭紅軍編：《民國時期西安秦腔班社戲報匯編‧易俗社卷》（上海：上海書店，2016），上冊，頁 539；下冊，頁 24、30。

參加 1932 年 12 月易俗社在北平的演出。[32]

　　歐陽予倩這樣評價易俗社的演出:「他們的戲,場子,做派,演法都是一仍舊戲的方式,唱的是陝西梆子。(中略)他們的戲唱做都非常認真,表情很周到很穩重,描寫性情頗能盡致,而沒有絲毫過火的地方,這實在很難得,而且細膩熨貼,比舊時的戲有不少進步」。[33] 其中,最吸引濱一衛的是著名花旦演員王天民。在易俗社培養了一大批演員的戲曲教育家兼劇作家、導演封至模說:「王天民久以細膩熨貼、溫柔秀雅著稱,北平歸來,腳下手勢,更見考究,嗓音尤覺清雅纏綿。惜只宜閨閣,不擅活潑剛毅,未免美中不足。雖然不博而確精,大可諒也。」[34]

　　據郭紅軍的研究,本來「傳統秦腔藝術中,老生、鬚生是重要行當」。但是,「1932 年左右,西安一時出現諸多追捧秦腔旦角的團隊。有捧正俗社李正敏的『敏社』、捧易俗社王天民的『迷王義勇隊』、捧易俗社魏英華的『保魏團』,捧楊蔭中的『保蔭司令部』。」[35] 郭紅軍的論文接着引用如下評論:

32　李葆華:〈易俗社七十年編年紀事〉第一部分(1912.8–1949.5),收入魚聞詩等編:《西安易俗社七十週年資料彙編 1912-1982》(西安:無出版社,1982),頁 260。

33　歐陽予倩:〈陝西易俗社之今昔〉,收入《予倩論劇》(廣州:廣東戲劇研究所,1931)。

34　封至模:〈陝西四年來之戲劇(節選)〉,《西安民意報》,1932 年,頁 39。

35　郭紅軍:〈民國時期西安報紙中的秦腔史料及價值〉,《戲劇文學》,2018 年第 3 期,頁 120。

　　昔北京徽班，原以鬚生為台柱，當老譚時代，尤登峰造極，其他角色紅否，均附屬品耳，而後，竟一蹶不振，雖余叔岩、高慶奎、馬連良、王又宸等，各有相當聲價。然主辦則多感困難，以依附程梅荀尚等旦角為最多，即今日之戲碼，亦因世風而轉移，鬚生為主之戲日少，旦角為主之戲日多，中國男女間之關係，於此可見。余之未到秦中也，以為秦腔古調當不捲入潮流，孰料不然，（中略）吾謂角之紅否，當以其紅否為定，絕不因其為生旦而定。只就易俗社論，耿善民、張鎮華之老生，莊正中之小生，其唱與作，已均有相當火候，至駱秉華之鬚生，則尤為其有特殊天才者，其喉音之高亢、運用之自如，功架之老練，可為僅有。且句句字字，均能送達全場，一舉一動，毫不苟且因循，即丑角中馬平民之超塵拔俗，詼諧不凡，則尤非學習者所能做來，令人嘆為觀止。雖然，吾未見有為其組何班社、做何宣傳者，誠不可解也。吾非貶旦捧生，特說幾句公道話耳。[36]

濱一衛《北平的中國戲》一書中有題為「旦角的興隆和花衫」的章節，專門討論京劇旦角興隆的歷史：

　　魏長生等人以來，在皮黃大成的時代，旦角界並無老生界般的偶像。即使公認的技藝高超的旦角也只不過被看成老生的好搭檔乾旦而已。戲界之霸權完全讓位於老生。

---

36　悟僧：〈替鬚生說幾句話〉，《西北文化報》（西安），1932 年 12 月 28 日，轉引自郭紅軍：〈民國時期西安報紙中的秦腔史料及價值〉，頁 120。

但當今形勢大變。不知不覺間，今日「四大名旦」活躍的
旦角全盛時期的底氣逐漸養成，又創出花衫的新行當，最
終由絕代風華的梅蘭芳昭示旦角時代的到來，一舉奪取劇
壇的霸權，保持至今。[37]

《北平的中國戲》列出演員時，竟然把青衣、花衫、花
旦、老旦、武旦排列到老生、武生、小生之前。但八年後
出版的《支那芝居の話》一書中則按照生、旦、淨、丑的
順序排列，介紹了很多演員，角色的排序有些調整，回到
了傳統的順序。他的觀劇記，雖然特別關注旦角王天民，
但同時也對小生王仲易、武淨的武功、老旦的動作、兩
個小花臉的演技十分注意。[38] 顯然，他不是只捧旦角的戲
迷，而是欣賞能力十全的中國戲劇愛好者。

　　郭紅軍主編的《民國時期西安秦腔班社戲報匯編・易
俗社卷》是一部詳細記錄易俗社公演的巨著。如：

> 1936 年 3 月 6 日
> 午場《拷吉平》、《小八扯》、《小姑賢》、《全部走雪
> 山》、《泗州城》、《楊婢》
> 夜場《頤和園後本》王天民、高符中、王秉中、耿善
> 民、趙柱國……

---

37　濱一衛：《北平的中國戲》，頁 30。
38　〈曲阜徐州開封洛陽西安旅行記筆記〉中所寫「小生王仲易」或許是把康
　　頓易聽錯了。

　　3 月 8 日

　　午場《花亭會》、《勸新郎》、《得意郎君》、《忠義
俠》、《三回頭》、《賣但是》

　　晚場《殷桃娘》雒秉華、王月華、劉文中、黃執中、
董尚易……[39]

但此書卻未記錄 3 月 7 日這一天的演出。恰巧，濱一衛的
觀劇記正好可填補這一空白。

　　遺憾的是〈曲阜徐州開封洛陽西安旅行記〉中西安部
分缺失，沒有觀劇紀錄。只有〈曲阜徐州開封洛陽西安旅
行記筆記〉中才記下了在易俗社觀劇的紀錄。但〈筆記〉
也在易俗社觀劇紀錄的中間就中斷了，沒有後續在三意社
觀劇的記載。

　　濱文庫收藏了西安唱本。第七帙收錄由德華印書局、
養正堂、德興堂、易俗社、全上堂出版的刊本，及王范
魁文書局的石印本，共二十三冊。[40] 其中易俗社刊本分別
為《櫃中緣》和《楊氏婢》。第八帙收錄十三冊刊本，
由德華印書局、養正堂、久達長德記書局出版。[41] 第十二
帙則收錄八十冊德厚祥書局的石印本，封面、插圖十分

---

39　郭紅軍編：《民國時期西安秦腔班社戲報匯編·易俗社卷》，下冊，頁 14-
　　15。

40　中里見敬、山根泰志、戚世雋編：〈濱文庫所藏唱本目錄稿（三）〉，《九
　　州大學附屬圖書館研究開發室年報》（2010/2011），2011 年，頁 65-74，
　　http://hdl.handle.net/2324/20112。後收於《濱文庫所藏唱本目錄》。

41　中里見敬、山根泰志、戚世雋編：〈濱文庫所藏唱本目錄稿（四）〉，頁
　　91-110。

精美。[42] 這是共八十一冊一系列的唱本，第一冊稱「天」冊，接着按照《千字文》取一個字排列（濱文庫藏本缺第二十五冊）。

图 7

1936 年 3 月 7 日西安易俗社戲票
（濱文庫 / 集 181/14）

图 8

1936 年月日不明西安
三意社戲票
（濱文庫 / 集 181/14）

图 9

《葫蘆峪全本第一回》
西安德華印書局
（濱文庫 / 集 168/1）

图 10

《櫃中緣》西安易俗社
（濱文庫 / 集 168/20）

42　中里見敬、山根泰志、戚世雋編：〈濱文庫所藏唱本目錄稿（六）〉，《言語科學》，2013 年第 48 期，頁 95-119，http://hdl.handle.net/2324/26408。後收於《濱文庫所藏唱本目錄》。

圖 11

圖 12

《楊氏婢》西安易俗社
（濱文庫／集 168/21）

《城隍抽筋》西安德華
書局
（濱文庫／集 169/1）

圖 13

《單刀會前本、單刀會後本、秦雪梅觀文全本》
西安德厚祥書局（濱文庫／集 173/1）
左：封面，右：插圖

## （四）吳興南潯鎮

1936 年 4 月到 5 月濱一衛從天津先去奉天、大連，然後坐船到了上海。濱文庫所藏 4 月 26 日至 5 月 3 日的上海戲單共有六張，但沒有留下觀後感或劇評。之後，他到了吳興南潯鎮劉承幹的嘉業堂參觀並查閱資料。他帶着董康的介紹信，先在上海與劉承幹會談，到嘉業堂後受到施維藩主任的厚遇，5 月 6、7 日兩天在南潯觀賞蘇州文全福的崑曲演出（圖 14、15）。時隔二十年後的 1956 年，濱一衛在題為〈南崑之變遷〉的論文中談及當時文全福的演出。1969 年又撰寫題為〈劉氏嘉業堂〉的短文，再次回憶南潯之行。我們在〈濱一衛所見 1930 年代中國戲劇 —— 一個開拓表演史研究的日本學者〉中已對此次觀劇做過分析，在此不再重述。[43]

# 三、濱一衛的「觀劇」與「研究」

以上，我們非常詳細地披露了濱一衛在北京之外的天津、開封、西安和湖州等地觀劇的詳細情況。他不僅在各地觀看皮黃、評劇、梅花大鼓、河南墜子、河南梆子（豫劇）、秦腔等各種各樣的地方戲以及地方曲藝，而且在多篇的觀劇記中，多處把所見的地方戲表演與北平的京劇作

---

43　中里見敬：〈濱一衛的三次訪華及其觀劇活動 —— 兼濱文庫所藏戲單考察與整理〉，頁 30-45。

圖 14

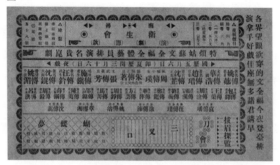

1936 年 5 月 6 日吳興南潯鎮張王廟橋民眾教育館戲單
（濱文庫／集 181/52）

圖 15

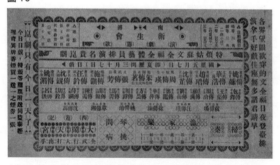

1936 年 5 月 7 日吳興南潯鎮張王廟橋民眾教育館戲單
（濱文庫／集 181/51）

比較，更屢屢提及對不同劇種、曲藝的觀感。其見解與態度，絕非一般觀眾看客所能企及。我們通過《北平的中國戲》（1936）和《支那芝居の話》（1944）這兩本書，已經知道濱一衛在北京走遍了京城的大小劇場，成為了一個純粹的京劇戲迷，對京劇伶人的舞台表演與演唱有着精彩的點評。而這次通過梳理他的旅行記而整理出來的關於觀看地方戲的介紹與評論，更可以從中一窺濱一衛對於中國戲曲的總體認識情況。

首先，我們從他的文字表述中可以知曉，濱一衛並非僅僅只看京劇表演，他對於其他的地方戲的情況也相當關注。就劇種而言，可以説，對於不同地方戲的關注以及了解的程度，較之前輩學人辻聽花、波多野乾一甚至是中國戲曲研究的大家狩野直喜、青木正兒等人有所拓展。

我們知道，辻聽花的《中國劇》（1920）和波多野乾一的《中國劇及其名優》（1925）（中譯本鹿原學人譯《京劇二百年歷史》）都是立足舞台的「場上研究」，[44] 可以説是最早把京劇作為一門舞台藝術來看待的嚆矢，大大不同於清朝流行的品評伶人的各種「品花寶鑑」。辻聽花的《中國劇》書名雖為「中國劇」，但從內容章節編排上看，「第一劇史」、「第二戲劇」、「第三優伶」、「第四劇

---

44　筆者有數篇專文評介了二十世紀一二十年代旅華日本學人的京劇研究：〈村田烏江與《中國劇和梅蘭芳》〉，《文化遺產》，2012 年第 1 期；〈波多野乾一與中國京劇在日本的傳播〉，《日本研究》，2012 年第 4 期；〈1920 年代上海的支那劇研究會和日本人的京劇研究〉，《中國比較文學》，2013 年第 4 期；〈辻聽花對京劇的研究與傳播〉，《戲曲藝術》，2014 年第 3 期。另有著作《近代日本對京劇的接受與研究》（廣州：廣東高等教育出版社，2018）。

場」、「第五營業」、「第六開鑼」，大部分均以京劇為主。
波多野乾一的《中國劇及其名優》是一部伶人史，書中共
提到四百四十七人，主要述及京城的伶人和少量上海伶人
的情況。此外，辻聽花、波多野乾一二人的戲劇研究活動
也主要集中在北京。青木正兒首次拜訪辻聽花之際，向
他詢問關於崑曲的事情，聽花竟然說：「崑曲不足看亦不
足聽。崑曲的佳處盡被京戲吸收。」[45]青木正兒在他的回
憶文中還說，「（前略）先生是京戲通，對京戲是『一根
筋』的戲迷，但對崑曲是既無理解也無同情，未足以託為
吾師。」[46]由此可知聽花和乾一研究中國戲曲的局限了。
而眾所周知京都學派的狩野直喜、青木正兒對中國戲曲的
研究則主要是「案頭研究」，以文本研究為主。狩野直喜
曾直言：「老夫雖然長期浸淫於中國傳統的雜劇傳奇，但
還從未仿效過那些裘馬少年出入於戲院，從未欣賞過中國
優伶引商刻羽的妙音曼舞。說實話，老夫雖以顧曲老人自
稱，但是連西皮、二黃的區別也不甚明白。（後略）」[47]青
木正兒倒是比老師狩野直喜更早注意到「觀劇」對戲曲研
究的重要性。在中國長達兩年的遊學期間「對中國戲曲進
行了深入的、持久的實地考察」，從而「對崑曲、京劇有
了更多的體認與感悟」，並「對他的中國戲曲研究產生了

---

45　青木正兒：〈辻聽花先生の思い出〉，《青木正兒全集》（東京：春秋社，
　　1970），卷7，頁344-345頁。原載《新中國》，1956年。

46　同上。

47　顧曲老人：〈梅蘭芳の御碑亭を見て〉，收入大島友直編：《品梅記》（京
　　都：彙文堂，1919），頁36。譯文參狩野直喜著，周先民譯：〈梅蘭芳《御
　　碑亭》觀後〉，《中國學文藪》（北京：中華書局，2011），頁389。

重要影響」，最後「這種認識上的變化在後來出版的《中
國近世戲曲史》中完整地體現出來」。[48] 不過，綜觀青木正
兒對中國戲曲的研究，依然是以文本研究為主的。因此，
從日本學者對中國戲曲整體面貌關注的廣度來說，1930
年代留學中國的濱一衛可謂超過了前輩學者。或者我們也
可以換一個說法：濱一衛注意到了中國演劇的發展，也注
意到了演劇研究的進步。

　　其次，我們從濱一衛的觀劇記中注意到的第二點，
就是他對於所觀賞到的戲劇的評論往往是直抒胸臆的、
態度明確的。比如，他在天津聽到花小紅的梅花大鼓，觀
劇記上寫到：「種種大鼓之中我最喜歡梅花調，不覺陶醉
其中。不過，還是比不上北平的郭小霞。」（〈曲阜徐州
開封洛陽西安旅行記〉）在開封永安舞台看河南梆子（豫
劇）後，濱一衛的評論也頗為直接：「都是一個勁兒地演
着故事，沒有什麼精彩場面。當然唱的是梆子調，不過是
我聽過的梆子調當中最幼稚的。從頭到尾都是突然把調子
拉高，然後漸漸低下來，重複着這一樂譜。雖然這是梆子
調的特點，但高音似乎跑調了，並且單調，所以音樂上
幾乎沒有值得一聽的價值。」（〈曲阜徐州開封洛陽西安
旅行記〉）這種直接、潑辣的戲曲評論，與《北平的中國
戲》、《支那芝居の話》中對京劇的點評是一脈相承的。
以下試舉一兩個例子。濱一衛評小翠花：「小翠花表演《梅
龍鎮》中的鳳姐用腳尖輕踢皇帝點過的海棠簪花那一幕，

---

48　李莉薇：〈青木正兒的京劇觀〉，《戲曲研究》，2017 年，頁 135。

也很是絕妙。梅蘭芳腳大，所以他演《梅龍鎮》這一幕時也黯然失色，媚態盡失。小翠花精準地繼承了『蹺功』這種具有傳統古風的技藝，但可惜他嗓音不佳、形象稍嫌淫蕩。」[49] 我們再看一例 —— 濱一衛評譚鑫培之孫譚富英：「富英嗓子美。其音域於高音之處絲毫不差，澄清豐厚、正統，並無馬連良嗓音不足用技巧補救之弱點。確實給人名門子弟之印象。然富英實過於年輕，雖也演出投入，然尚欠火候。相對於嗓音的音域寬廣，或許身材體量較小，演出時神情態度過於外露。就做工而言，未及高、馬二位前輩。」[50]

　　如上所引，我們能從濱一衛的觀劇記中，讀到「某某的戲好，哪家的表演精彩，哪場表演沒有價值，哪幕的演出精彩絕倫」之類的文字，頗有些讓人快意江湖之感。無論是《北平的中國戲》，還是這次整理的各地觀劇記，都有濱一衛式的直接點評。以上這些鏗鏘有力的藝評，今天讀來依然讓人覺得有其獨特的價值。既帶幾分辛辣，又真實、誠摯。雖然也頗有「一家之言」之嫌，但本來人們對文化藝術的審美就是一種主觀性極強的行為。濱一衛對中國戲曲的研究首先是帶着審美的眼光來研究的。他不是為了研究而研究，更沒有只把目光停留在戲曲文獻上，所以他才會四處看戲、觀劇，始終帶着審美意識來評論表演的優劣之所在。這些藝評，都是立足於他自己的審美認識來點評的。我想，這是濱一衛的戲曲評論值得珍視的第二點理由。

---

49　中丸均卿、濱一衛：〈前言〉，收入《北平的中國戲》，頁 61。
50　同上，頁 70。

　　關於濱一衛的「觀劇」與「研究」的第三點特色，就是我們反覆重提的，濱一衛當年悉心收集各種戲劇研究資料的意義與價值。他在觀劇之餘，把人們往往隨手丟棄的各種戲單子、廣告紙都悉數收集起來。旅行途中，也不忘購置各種唱本。前文提及，濱一衛在西安購買了德華印書局、養正堂、德興堂、易俗社、全上堂出版的刊本，及王范魁文書局的石印本，共二十三冊。[51] 日語裏稱這些資料為「周邊」，也就是並非處於中心位置的資料，因而容易受到忽視。但濱一衛不僅把這些戲劇研究周邊都帶回國，還保存了一輩子。這些周邊資料，除了上述的戲單、廣告、唱本，還有唱片、戲票等等，大部分是他觀看了各種戲後留下的紀念。為何收藏這些周邊，《北平的中國戲》前言部分，濱一衛似有披露購藏這些資料的初衷：

> 　　其時頗為感嘆名優們有趣的表情、美妙的身段，都是稍瞬即逝的，於是我想盡力保存名優的照片；而對他們的天籟妙音，即如同用罐頭來保鮮食品般，我又開始搜尋錄音唱片。自從這個想法萌發以來，不意已達兩年。[52]

　　戲劇的每一場演出都是獨一無二的，不可複製的。因此，濱一衛希望盡量用照片和唱片來保存名優們稍瞬即逝的、有趣的表情和美妙的聲音。很顯然，收藏周邊，是濱

---

51　中里見敬、山根泰志、戚世雋編：〈濱文庫所藏唱本目錄稿 ( 三 )〉，頁65-74。

52　中丸均卿、濱一衛：〈前言〉，收入《北平的中國戲》，頁 1。

一衛有意為之的行為。就其所以，大概一是為了自己的興趣愛好，二是為了將來研究中國戲劇。由此而成就了今天的九州大學圖書館享譽國內外的「濱文庫」。濱文庫的藏品，不僅在日本，而且在世界範圍內來看，都是很有特色的收藏。過去毫不起眼的戲劇周邊資料，由於今天文史研究觀念的更新而受到重視並重新進入學術界的視野。可以說，濱一衛在收集戲曲文獻方面是具有超前眼光的。陳寅恪在〈陳垣《敦煌劫餘錄》序〉中曾指出：「一時代之學術，必有其新材料與新問題。取用此材料，以研求問題，則為此時代學術之新潮流。治學之士，得預此潮流者，謂之預流。」[53] 那麼，從某種意義上來說，濱一衛也可以稱得上是一位能「預流」的學者。

## 四、結語

如上所述，濱一衛留下的旅行記中，觀劇紀錄雖是零碎的斷片，但與濱文庫所藏戲單、戲票、唱本及他的其他著作綜合起來進行考察，可以較為全面地重構他在中國留學期間觀看的舞台演出。豐富的「觀劇」體驗，為濱一衛後來從事中國文學研究，特別是中日戲劇的源流與交流的研究打下了堅實的基礎。而這個「基礎」，不僅指的是研

---

53　陳寅恪：〈陳垣《敦煌劫餘錄》序〉，收入《金明館叢稿二編》（上海：上海古籍出版社，1980），頁 236。

究文獻的基礎，也包括立足於現場觀劇所建構起來的戲曲
審美基礎。

　　整理濱一衞的觀劇紀錄，還可以補充《民國時期西安
秦腔班社戲報匯編．易俗社卷》等各種已有資料所缺的演
出紀錄。如果我們能將報刊、戲單、個人觀劇記等匯集起
來，編成更完整的每個班社、每家劇場的演出年表，一定
會在這個領域給學術界帶來很大的便利。為了完成更完善
的舞台演出紀錄，我們需要努力整理、發掘從前不受重視
的各種資料。[54]

　　從日本學人對中國戲劇研究的角度來看，濱一衞的
觀劇記也有其獨得的意義與價值。他不僅在旅京期間走遍
各個劇場看京劇，出外旅行途中也不忘到各地的劇場觀看
各種地方戲與曲藝表演。從濱一衞的記述中，我們可以知
曉他對中國戲劇整體情況的豐富認知。綜觀同時代或者更
早期研究中國戲曲的日本學者，可以説濱一衞是較 全面
認識、把握中國戲劇發展狀況以及發展趨勢的一位優秀學
者。因此我們認為，濱一衞的中國戲曲研究在日本的中國
戲劇研究史上具有開拓性的意義與價值。

---

54 參傅謹：〈京劇研究與文獻的新視野〉，《文化遺產》，2019 年第 6 期，頁
118-124。

# 從譚派的傳播檢視京劇流派藝術 ── 以1945年以前的台灣京劇唱片為切入點[1]

## 李元皓

現職台灣中央大學中文系副教授，擔任台灣戲劇暨表演產業研究學會理事、台灣人地協會理事。台灣清華大學中文系博士。主要著作包括《不惜遍唱陽春：京劇鬚生李金棠生命紀實》、《京劇老生旦行流派之形成與分化轉型研究》。單篇論文與書評散見於《民俗曲藝》、《清華學報》、《漢學研究》、《戲曲研究》、《九州學林》、《紅樓夢研究》、《戲劇學刊》等學術期刊。

---

1  本文為國科會一般型研究計劃（整合型）「文學藝術與物質文化：視聽媒介和京劇傳播的關係（II）」的研究成果之一。（NSC 100-2410-H-008-075-）在發表時承蒙容世誠教授講評，特此致謝。

# 一、前言：譚派在京劇研究的重要性

　　京劇歷史的紀錄始於十八、十九世紀之交，四大徽班
進入北京，發展至十九世紀中葉出現了「三傑」，開啟京
劇流派表演藝術的演變。三傑都是老生演員，說明近代京
劇流派藝術的變遷始於老生行當，並以老生為主力。十九
世紀末，出現了下一代老生演員「後三傑」，其中以演員
譚鑫培最為重要。二十世紀初，旦角流派藝術抬頭，以梅
蘭芳為首的「四大名旦」為代表，逐漸取代了老生，成為
京劇界的頭牌演員，推動了新一輪的流派表演藝術發展，
此一過程從 1900 年到 1950 年，以演員為發展的主要動
力。可說老生、旦行流派的分化與轉型，逐步形成今人所
能見到的京劇。[2] 本文所擬探討的，即是在老生流派藝術發
展的關鍵時期，流派如何傳播的現象。討論的樣本則是京
劇老生最重要的派別，為後三傑之一、清末老生演員譚鑫
培（1847-1917）所創造的「譚派」以及一批譚派代表劇目。

　　後三傑在前三傑一輩人的基礎上，開創了老生表演
的新高峰。這三個人當中，今天最為我們所熟知的是譚
鑫培，透過新興的媒體文字唱片的介紹，從北京到上海，
他成為流行文化的名人，普受社會各界歡迎，被稱為「貝

---

2　相關討論見王安祈：《為京劇表演體系發聲》（台北：國家出版社，
　　2006）；林幸慧：《京劇發展 VS 流派藝術》（台北：里仁書局，2004）；
　　李元皓：《京劇老生旦行流派之形成與分化轉型研究》（台北：國家出版
　　社，2008）諸書。在 1950 年代的戲曲改革運動之後，演員成為被改革的
　　對象，流派藝術的發展逐步停止。主導戲曲藝術發展的權力，轉而由國
　　家、政黨、編劇、導演所控制。

勒」、「大王」。他所開創的表演風格被稱為「譚派」，表演細節並且被文字詳細記錄，譚派表演成為之後老生在表演上無法略過的基本功課，是目前為止，京劇老生發展史上影響最大的流派。

　　譚派老生是早期京劇在綜合崑、高、徽、漢、秦之後，進一步的深化發展。《中國京劇史》上卷以為譚鑫培把「唱戲」、「演戲」變為「演唱」，從劇情與劇中人物出發，改變之前安工老生只注重唱，做工老生只注重作表，靠把老生、武生只注重武把子的局面，徹底打通了既有的老生行當，跨越了既有的角色行當。為了更好地表現劇中人物，譚鑫培能跨行當地綜合運用各種表演程式，諸如「武戲文唱」、「文戲武唱」、「老戲新唱」。所謂「武戲文唱」，是在人物的動作之外，試圖刻劃精神世界的面貌；「文戲武唱」，在演唱念白之外，找出肢體表演配合的俏頭來。在此一前提之下，他對許多傳統劇目，尤其是淪為開場戲的冷門劇目進行打理，整舊如新；所謂「老戲新唱」、「譚鑫培演戲好改舊本」，[3] 為老生行當帶來大批「新」的經典劇目，如《定軍山》、《空城計》、《賣馬》、《托兆碰碑》、《戰太平》、《南陽關》等，或從別的行當挖掘，如武小生的《翠屏山》、花臉的《珠簾寨》、丑角的《盜魂鈴》等。[4]

　　「新」的經典劇目並非指「新編劇目」，這一批劇目

---

3　楊中中：〈顧曲雜言（續）〉，《戲劇月刊》，1929 年第 12 期，頁 2。

4　吳小如：〈京劇老生流派綜說‧說譚派〉，收入《吳小如戲曲文錄》（北京：北京大學出版社，1995），頁 228。

都是老戲翻新，就舞台原有的唱腔身段各種細節揉入新創造，因而並非新編劇目。跟前三傑之中的程長庚相比，可以發現，本工老生的程長庚雖然可以跨行當演出唱花臉，仍是遵守原有的行當界限，並沒有把其他行當的劇目變成老生行的劇目。但是到了譚鑫培，他的一切創造都歸之於老生劇目，進而歸之於譚鑫培個人的劇目。譚鑫培的跨行當演出更為複雜細膩，摻有其他行當的唱腔身段，甚至是京劇之外的元素。譚鑫培以劇目統攝其獨特的表演，引發同輩與後輩爭相學習，不論深淺博約，各有所得，不過以譚鑫培為榜樣卻是清晰可辨，也就是本文所要討論的譚派。

在這一批譚派劇目之上，逐步奠定了譚鑫培獨尊的地位，在清末已有定評：

> 譚鑫培久負盛名，至有「伶界大王」之目，其自命亦有俯視一切之概。至道及程長庚，則尊為「大老板」，奉若神明，俯首皈依，所謂中心悅而誠服者。而其鬘生之劇，則獨闢蹊徑，別有會心，與程毫不相似。殆如蜂之釀蜜，見蜜不見花，非依傍他人門戶，僅學其皮毛，毫無心得者可比。[5]

此一看法自《清代燕都梨園史料》發其端，沿互百年，至1990年版的《中國京劇史》上卷未變，足以說明譚鑫培

---

5　吳燾：〈梨園舊話〉，收入張次溪編：《清代燕都梨園史料》（北京：中國戲劇出版社，1988），正續編，下冊，頁819。

的地位。就表演藝術而言，「伶界大王」的封號，來自於他的創造力不但有細節，而且能夠有系統，能夠推動京劇藝術的典範革命，革命的力量不僅推動了老生表演藝術，也及於較為僵化的旦角表演藝術，此一力量在旦行所起的作用，殊不下於老生行。

譚鑫培的成就，使他成為後起諸多著名演員如「三大賢」、「四大老生」、「南麒北馬」等的共同學習對象。三大賢指譚鑫培弟子的余叔岩（1890-1943），深度譚迷的票友言菊朋（1890-1942）、高慶奎（1890-1942）。南麒北馬指上海的麒麟童（周信芳，1895-1975），北京的馬連良（1901-1966）——他私淑譚鑫培的弟子賈洪林。四大老生指馬連良、譚鑫培的孫子譚富英（1906-1977）、私淑余叔岩的楊寶森（1909-1958）、言菊朋的弟子奚嘯伯（1910-1977）。上述演員都是自成一派的名角，所創造的流派分別被稱為余派、言派、高派、麒派、馬派、新譚派（相對的，譚鑫培則被稱為「老譚派」）、楊派、奚派。初步觀察這批名演員的生卒年，可發現這批人活動的時間涵蓋二十世紀前半，也就是說他們是譚鑫培下一代，還有下下一代的老生代表。進而觀察這些人的師承關係，不難得出下列的結論：譚鑫培的重要性至為關鍵。

# 二、譚派的傳播問題

　　上述名演員的第一代人，學習譚派的時間大致始於1900年，這一代演員絕大多數不是直接被譚鑫培教導（其中只有余叔岩是他的徒弟），而是被北京上海更資深的譚派愛好者所教導，像是京劇內行、票友或科班，加上觀摩譚鑫培的演出。也就是說，1900年已經有一批譚派愛好者存在了，在之後一代人又持續擴大，直到成為老生行的普遍現象。

　　流派靠出色的演員傳播，在京劇史論述當中看起來是如此理所當然；但筆者注意到另一種可能：一般的演員也對流派傳播有貢獻。比起少數的出色演員，絕大多數幾乎無名的一般演員有沒有可能在流派傳播上更為重要？話雖如此，要探討一般演員的貢獻，其實很不容易，因為歷史是明星的紀錄、是傑出者的紀錄，我們對於程長庚或譚鑫培同輩的一般演員，幾無所知。對於譚鑫培以後的一代人，所知也很有限，有的僅止於知道名字而已。然而，台灣在二十世紀初的特殊處境，意外地為我們提供了描繪一般演員與流派傳播的圖像。本文以1945年以前的台灣京劇唱片與報刊新聞為材料，探究譚派出現在台灣的軌跡。

　　由於藝術與科技發展時程的交錯，唱片科技傳入中國的同時正值譚派於清末大為風行，能夠根據唱片紀錄對唱腔進行研究即始於譚派。基於譚派對於京劇流派發展的關鍵性地位，認識譚派形成與流傳的過程，成為極具重要性

的問題。譚鑫培的唱腔分為早、中、晚三期：「最早是宗
法前人階段，中期是逐漸嬗變階段，晚年乃自成一派，是
集大成而創新路的階段。與譚氏同時代的演員和票友，大
都是從學習模仿中期的譚氏唱腔開始的；但傳世的譚派唱
法則有賴於宗法譚氏晚年唱法的名優和名票。」[6] 唯有晚
期留下了「七張半」唱片，也就是傳世的譚派唱法。儘管
譚氏早、中期的唱段已不復得聞，然而譚鑫培中期「逐漸
嬗變階段」的唱腔仍有相關資料可供參考，即是深度愛好
者的模仿。二十世紀初期，吾人所知的第一批譚派票友所
錄製的唱片多是模仿譚鑫培早、中期的唱腔風格。同時，
新式印刷科技也流行於都市當中，導致京劇資訊與評論相
關出版品大為流通，對這批譚派票友也多有報導。筆者先
前已就這批票友老生佼佼者的生平及其唱片，對譚派的發
展與流傳現象進行研究。[7] 京劇老生譚鑫培所創造的譚派在
二十世紀初期大為流行，成為北京上海票友爭相學習的目
標，同時唱片科技開始傳入中國，這些譚派票友當中的佼
佼者所錄製的老唱片，記錄了唱腔藝術由譚鑫培流傳為譚
派的過程。

　　有趣的是，這些譚派唱片都沒有在台灣流行開來，但
是聆聽台灣老唱片，又發現譚派的唱腔已經出現了，只是
這些老唱片演唱者的功力，尚未達到譚派票友佼佼者的水

---

6　吳小如：〈搶救譚派　振興譚派 ── 程君謀先生演出台本譚派五劇序〉，收
　　入《吳小如戲曲隨筆集補編》（天津：天津古籍出版社，2006），頁 196。
7　李元皓：〈早期譚派票友與京劇流派藝術：以 1912 年以前的京劇老唱片
　　為切入點〉，《戲劇學刊》，2011 年第 13 期，頁 103-130。

準，這就引起筆者的興趣 —— 沒有佼佼者的推動，譚派
在台灣是如何傳播的？有一種沒有佼佼者的傳播方式嗎？
要討論此一問題，首先要檢視「譚派」一詞是何時來到台
灣的。

## 三、經由台灣報刊戲曲資料討論譚派

研究流派的傳播需要關注「演員」與「劇目」，以下
透過解讀在台灣報刊的戲曲資料，扣住演員與劇目，分析
譚派是如何出現並傳播的。

### （一）第一位來台灣演出的「譚派正工鬚生」

在《台灣日日新報與台南新報戲曲資料選編》當中，
「譚派」一詞出現的時間很晚，首見於 1924 年永樂座開幕
演出節目的新聞。「梁一鳴。此人係上海春華舞台腳色。
譚派正工鬚生。在天津北京等處。皆有其名。」[8] 梁一鳴
（1903-1991）《中國京劇史》有傳，兼學汪桂芬派、劉鴻
聲派，演出主要劇目《斬黃袍》、《斬子》、《失街亭、空
城計、斬馬謖》、《碰碑》、《硃砂痣》、《哭祖廟》、《甘

---

8  〈永樂公司招班〉，收入《台灣日日新報與台南新報戲曲資料選編》（台
   北：宇宙出版社，2001），頁 182。原刊《台灣日日新報》，1924 年 1 月
   29 日，第 6 版。

露寺》。[9] 看起來梁一鳴跟譚派沒有直接的師承關係，無論是當年的觀眾認知或者現在的學者研究，都不認為梁一鳴是譚派傳人。他在嚴格意義上不會被認為是譚派傳人，然而，如前所述，在譚鑫培之後，沒有老生不受到譚派的影響。以梁一鳴為例，〈京劇《七星燈》唱片考述〉討論了他在 1980 年代錄製的《胭粉計》唱片，「從演唱風格上可以聽出梁氏咬字真切和從習『老譚派』的特點，同時對高慶奎唱法也有所借鑑。」[10] 就是說他雖然不是所有的表演都依循譚鑫培的正宗譚派，但仍深受譚派影響。

回到當時情景，梁一鳴在上海絕對不敢對外宣稱自己是譚派，但是到台灣的演出卻打出這塊招牌，顯然是有宣傳的需求。表演風格受譚派影響一事，是當時老生演員的普遍現象，若僅據此就宣稱自己是譚派，恐怕會受到各地票房與戲報的質疑，被指控「並非正宗、贋品冒充」，筆者認為更主要的關連在於梁一鳴挑樑主演的劇目。永樂座開幕演出的主打劇目是《三搜臥龍崗》，是連台本戲《諸葛亮招親》的一個單元，《諸葛亮招親》這齣戲「不見於《三國演義》，荀慧生、王又宸上演時，對外宣傳為老譚（即譚鑫培）秘本，實為老徽戲傳統劇目。……此劇在台灣唱片中，是灌製次數最多的劇目，前後灌了六個版本，

9　北京市藝術研究所、上海藝術研究所編：《中國京劇史》（北京：中國戲劇出版社，1999），頁 2458。

10　劉新陽：〈京劇《七星燈》唱片考述〉，收入《中國戲曲學院學報》（北京：文化藝術出版社，2020），頁 126。

其中一版還再版複製二次出版，可見其受歡迎程度。」[11]
關鍵在於在北京、上海的戲曲觀眾當中，「老譚秘本」已
經是一個賣點了。此外，《三搜臥龍崗》原版的諸葛亮，
由王又宸（1882-1938）飾演，王又宸是有名的譚派老生，
票友下海，還是譚鑫培的女婿。因為這兩層緣故，來台演
出時的宣傳策略才會將梁一鳴說成譚派傳人。可以說在上
海，因為先有了譚派演員王又宸，才有了冒充譚派劇目
《三搜臥龍崗》；到了台灣，則是因為先有了冒充譚派劇目
《三搜臥龍崗》，才有了冒充譚派演員梁一鳴。話說回頭，
王又宸既然標榜譚派，《三搜臥龍崗》的唱腔設計也不太
可能擺脫譚派風格，另創一派。至於《三搜臥龍崗》唱腔
無人傳唱，可以說明譚鑫培對於全劇唱腔設計的能力強大
獨到，不是愛好者把譚派元素自行拼接，捏合成篇就可以
達到的成就。

　　梁一鳴飾演諸葛亮，受到「三鶴」所寫的劇評肯定：
「瀟灑俊逸。有飄飄欲仙之狀。且作工俊雅勝人。唱工長
於幽韻。行腔吐字之間。氣長而圓。氣清而潤。皆從清逸
之中託（按：原文如此）出。足以沁人心脾。知音聆之如
坐春風之中。前日傳單告眾。為譚派之薪傳。誠為不謬
哉。」[12]梁一鳴標榜譚派，就是要彰顯他的《三搜臥龍崗》
其來有自，忠實於原版，不是自己向壁虛構的。從劇評內

---

11　何毅：〈台灣京劇唱片考辨（1926-1945）〉，台灣中央大學中文系博士論
　　文，2021，頁49-50。

12　三鶴：〈觀劇閒評〉，《台灣日日新報與台南新報戲曲資料選編》，頁186-
　　187。原刊《台灣日日新報》，1924年3月3日，第6版。

容看來，假如三鶴的新聞不是置入性行銷的話，恐怕他對譚派的表演風格全無概念，相信傳單所言「梁一鳴是譚派」，順着宣傳文字，再就梁一鳴所有的唱工做工歸納出「為譚派之薪傳。誠為不謬哉」的結論，渾然不知《台灣日日新報》首見的「譚派正工鬚生」，只是宣傳上的策略而已。

### （二）關於台灣藝妓的演出

一般研究流派傳播，可以關注流派專屬劇目，然而這個作法在梅蘭芳之前的傳統老戲是容易產生誤解的，主要在於譚鑫培並不像梅蘭芳之後的京劇演員有一批文人編劇量身打造的專屬劇目。

前面說過，譚鑫培對許多傳統劇目進行打理，整舊如新，為老生行當帶來大批「新」的經典劇目，如《定軍山》、《空城計》、《賣馬》、《托兆碰碑》、《戰太平》、《洪洋洞》等，這些譚派戲不是原創新編，而是老戲新演。所以從劇目來界定譚派是有問題的，存在一個陷阱。我們今天認為是譚派戲的劇目，在二十世紀初期還未必是譚派劇目，與譚派同時期的汪派、孫派、劉派都有可能，到了二十一世紀，這些流派都沒有傳人了，才變成我們認知中的「譚派特有劇目」。例如《空城計》，講述馬謖失守街亭，諸葛亮無奈設下空城計，城樓撫琴嚇退司馬懿大軍之事，此劇於清末是單獨演出的劇目，進入民國後常與《失街亭》、《斬馬謖》合演，合併稱為《失空斬》，很多名家都擅長此劇，但早期各個流派差異很大。論文〈我面前缺少個知音的人——《空城計》西皮慢板各流派唱腔分析〉考察了京劇《空城計》西皮慢板「我本是臥龍崗散淡的人」

唱段的各流派錄音，可以當作抽樣參考，在 1913 年以前
所錄製的五張老唱片，只有一張物克多唱片是譚派的，演
唱者就是剛剛提過的王又宸。[13] 回到 1915 年，譚鑫培還活
着的時候，台灣桃園的藝妓開始學習流行的京戲，成為
《台灣日日新報》的新聞：「桃園街。舊中秋。擬開演藝妓
戲。日間齣目。捉放曹。空誠（按：原文如此）計。夜間
齣目。五雷陣。文昭關。桑田會。李陵碑。大嫖院。」[14]
現在看來，《捉放曹》、《空城計》、《李陵碑》都是著名的
譚派戲，但是在 1915 年並非如此，藝妓所學習的可能是
一個初學的、學生等級的版本，若是依照劇目而斷言台灣
藝妓學習譚派表演，恐怕不具有真實性。而若是從〈女劇
月旦〉對 1915 年桃園的藝妓戲評論中談到「遠近來觀者，
幾無立錐之地」，就斷定「藝妓演技精湛」，又是另一個
認知陷阱：

> 遠近來觀者，幾無立錐之地。就中諸女角，有筱雪
> 者。年纔九歲。演照（按：原文如此）關。扮伍員。神形
> 逼肖。與露蘭春恍惚相似。又紅豆丹桂筱桂。演桑田會。
> 三腳均應弦合拍。唱念關目。人多謂堪與稻江小寶蓮、鏡
> 市匹敵。次如大寶玉。演空城計扮孔明。阿凸演五雷陣。

13　邵錦昌：〈我面前缺少個知音的人——《空城計》西皮慢板各流派唱腔分
　　析〉，收入王安祈編：《錄影留聲名伶爭鋒：戲曲物質載體研究》（台北：
　　國家出版社，2016），頁 265。

14　〈中秋女劇〉，收入《台灣日日新報與台南新報戲曲資料選編》，頁 97。
　　原刊《台灣日日新報》，1915 年 9 月 16 日，第 6 版。

扮孫子。清香演李陵碑。扮楊繼業。俱各步驟井然。[15]

「神形逼肖」就是衣箱扮相沒有出錯，表演人物能夠掌握
戲情。「應弦合拍」、「步驟井然」就是在演唱與表演上能
夠遵守規範，具體來說就是徒弟能夠在場面的規範之內，
唱腔跟着琴師，身段跟着鼓師，不出紕漏。就學習戲曲而
言，這都是入門階段，談不上什麼流派。名丑演員蕭長華
（1878-1967）談過：「大班演戲，可不同科班的小孩戲。
在科裏，你高高的調門，奶聲奶氣的喊一聲『嗯哼』，跟
着出來一個孩子演的老大人。觀眾聽這奶音，又脆又亮，
好兒（掌聲）就上來了！大班裏可不成，講的是份量，上
得台來。要壓得住。」[16] 就觀眾而言，對於初學唱戲的徒
弟，跟出科之後歸派的演員，期待是不一樣的；就老師而
言，所教的也是簡單不容易出錯的打基礎版本，沒有基
礎，無法直接學流派。可以說在專業京劇教學而言，這是
一個不能跳過的階段。

　　既然台灣藝妓的演出屬於基礎程度，為什麼會「遠
近來觀者，幾無立錐之地」？上海「髦兒戲」發展的經驗
是很好的說明。上海管小女孩叫「髦兒」，「髦兒戲」便
是小女孩演戲。她們受到觀眾的喜愛，是因為新奇和「程

15　綠野生：〈女劇月旦〉，收入《台灣日日新報與台南新報戲曲資料選編》，
　　頁 97。原刊《台灣日日新報》，1915 年 9 月 28 日，第 6 版。
16　袁世海口述，袁菁執筆：《袁世海全傳 1916-1949》（北京：中國青年出版
　　社，2007），頁 191。

度甚為幼稚」的趣味，[17] 或是坤班女伶意識到「另類的性
別優勢」之後，「任意笑謔、假癡假呆、不守規範、毫無
戲情」的刻意操作，使得《申報》的評論者大感驚奇，還
酸了坤班一頓：「予訝謂不圖坤班之進步，竟遠出老譚之
上。不然，何座客傾倒乃爾？」[18] 有時觀眾對於少女演員
的喜愛更勝於男演員，對於表演不熟練所展現的各種意外
趣味，更勝於對名家藝術所講究的韻味境界。上述評論見
於 1912 年的上海，時間很接近。此外電影《走音天后》
（Florence Foster Jenkins），[19] 敘述了一個二十世紀的美國
女高音歌手，能以糟糕的唱功，帶來絕佳的娛樂才能，觀
眾對此熱烈歡迎，還可以灌錄唱片，也有助於我們理解台
灣藝妓雖是初學程度，卻能招徠爆滿人潮的狀況。

### （三）《空城計》在台灣

　　1918 年，也就是譚鑫培死後的第二年，台北聘請上
海戲師訓練京劇演員：「鳳舞社去年在建成街，延元永樂
社所聘之戲師上海人馬長奎，教習許久。聞頗精進。」[20]
學員專門學習京劇，應該比藝妓更為專業，隔一年，1919
年鳳舞社開始演出，戲碼如下：

---

17　王安祈、李元皓：〈性別意識與京劇表演──戲曲史考察的一個視角〉，
　　《漢學研究》，2011 年第 2 期，頁 153-188。
18　玄郎：〈記女丹桂之絨花計、彩樓配、拾黃金〉，收入蔡世成輯選：《申
　　報京劇資料選編》（上海：上海京劇志編輯部，1994），頁 88。原刊《申
　　報》，1912 年 12 月 2 日。
19　《走音天后》，2016 年英國電影，另有《跑調天后》、《走音歌后》等譯名。
20　〈鳳舞社將開演〉，收入《台灣日日新報與台南新報戲曲資料選編》，頁
　　114。原刊《台灣日日新報》，1919 年 1 月 14 日，第 6 版。

昨舊曆十二日齣目日間大天官戰蒲關、迫宮、遊西湖。夜間取北原、掃雪、彩樓配連拖屍、雙搖會。……

十三日上午演日齣　蟠桃會、洪洋洞、雙獅圖連跑城

同夜間齣　黃金台、探母

十四日日齣　青石山、空城計、文昭關連浣紗河、大嫖院

同夜齣　戰蒲關、花鼓會、梅龍鎮、棍打薄情郎[21]

其中《空城計》、《洪洋洞》「現在」都是著名譚派戲，上海戲師馬長奎其人，則絕對不在譚派傳人名單裏頭。從1918 年到 1919 年，這批學員只學習了一年，還停留在基礎階段，這些戲應該也不是譚派，而是科班學員等級。

到此為止，新聞很喜歡關注《空城計》，我們也能在後續的報刊當中，持續看到相關的新聞，1924 年永樂座開幕檔期演出，梁一鳴也演出了本劇，也再次被歸類為譚派：「開演第一齣空城計。乃以譚派特色之鬚生梁一鳴扮諸葛亮。有臨技（按：原文如此）急智。從容不逼之態度。哄得司馬懿中計退兵。而成孔明千古奇功。其神情逼肖。活現於台上。」[22] 筆者曾對劇中「三報」的表演進行分析，到了三報之時，諸葛亮才發現司馬懿用兵之速，自己身困空城，大吃一驚，而又必須矯情鎮物，安定軍心，

21 〈鳳舞社之齣目〉，收入《台灣日日新報與台南新報戲曲資料選編》，頁121。原刊《台灣日日新報》，1919 年 6 月 10 日，第 6 版。

22 〈台北通信・永樂座落成詳況〉，收入《台灣日日新報與台南新報戲曲資料選編》，頁 260。原刊《台南新報》，1924 年 1 月 29 日，第 5 版。

以利處理危機。譚鑫培利用神情與聲調，雙管齊下，鋪陳了複雜而不矛盾的人物情境。接下來在〔亂錘〕的鑼鼓點子當中苦心思索，最後想到了空城計，整場表演的層次井然，文情相生，由淡而濃。[23]《台南新報》注意到劇中諸葛亮的態度與神情，顯然脫離了「步驟井然」的階段，看到表演當中更有深度的內核。

　　1925 年，新到永樂座演出的女老生白玉峰，「台北市永樂座。開演中之京班。此回新到譚汪兩派坤角老生白玉峰。昨演空城計飾孔明。其步驟科白及形容。能使觀者喚起當日於無可如何之時。猶能從容不迫退卻敵兵。」[24] 新聞說白玉峰是「譚汪兩派」，還是着重譚派，因為汪派肯定不演《空城計》。「喚起當日於無可如何之時。猶能從容不迫退卻敵兵」的描述，很接近「三報」的表演。一路觀之，1915 年桃園藝妓唱《空城計》，1918 年至 1919 年鳳舞社教學生《空城計》，1924 年梁一鳴來台演出《空城計》，開始標榜譚派，1925 年白玉峰及 1926 年劉鳳卿也唱《空城計》，台灣觀眾可能是透過《空城計》逐漸認識了（標榜的）譚派。反之，新聞當中的《空城計》也逐步升級，從徒弟的基礎程度，進化到職業演員的流派版本。

---

23　李元皓：《京劇老生旦行流派之形成與分化轉型研究》，頁 170-174。

24　〈台北通信‧新到女優博好評〉，收入《台灣日日新報與台南新報戲曲資料選編》，頁 277。原刊《台南新報》，1925 年 2 月 18 日，第 5 版。

# 四、經由台灣京劇老唱片討論譚派

## （一）《沙陀國》的演出與唱片製作

1926 年，《台南新報》評論台南的大舞台演出，「演失街亭一齣。扮孔明者為新坤角劉鳳卿。生才甚佳。唱工亦能恰到妙處。……至演沙陶（按：原文如此）國。以新男角瑞德寶扮演李克用。唱念為滬上新調。做工亦頗俏。觀其頒兵時。固能形容其怕老婆狀態。」[25] 能夠注意到劉鳳卿的唱工細節是否貼切，表示評論也在進步。引文中提到的瑞德寶（1877-1948），在《京劇二百年概觀》有傳，與梁一鳴是來台京劇演員當中，唯二的知名演員。他幼時從李連仲學武生、老生，後專學武生黃（月山）派戲。除武生戲外，又能學王鴻壽，演出關公戲；老生戲能演《失街亭》、《四郎探母》、《李陵碑》、《賣馬》、《打魚殺家》、《打棍出箱》、《翠屏山》等。[26] 文中列舉他所能演出的老生劇目全都有譚派版本，尤其是《沙陀國》，劇情講述黃巢造反，唐僖宗被困西岐美良川，命程敬思至沙陀國李克用處搬兵，李記唐僖宗昔年之仇，不肯發兵。程敬思乃求告李克用兩位夫人，始發兵救駕。兵至珠簾寨，眾將與兩位夫人戰不過寨主周德威，二夫人激李克用出戰，收服周德威。此劇由余三勝移植自漢調，將漢調中花臉扮演李克用

---

25　〈梨園一瞥〉，收入《台灣日日新報與台南新報戲曲資料選編》，頁 293。
　　原刊《台南新報》，1926 年 2 月 18 日，第 5 版。
26　蘇移：《京劇二百年概觀》（北京：燕山出版社，1989），頁 264。

改為老生，後京劇花臉也常演出此戲。清末譚鑫培重新編排，成為一齣文武兼備的經典劇目。全部演出亦名《解寶收威》。若李克用一角由花臉扮演，一般不帶後面《收威》，因此常貼名為《沙陀國》；若由老生扮演，則稱《珠簾寨》。[27] 在譚鑫培重新編排之前，本劇可說是花臉專屬劇目，無人演出余三勝的老生版本。瑞德寶在1926年台南大舞台演這齣戲，除譚派之外，沒有其他派別可以參考。引文所謂的「滬上新調」有兩點值得討論，第一，應該就是譚派唱腔風格，因為沒有另一齣海派版本的《珠簾寨》可以對應這齣戲，也沒有瑞德寶《珠簾寨》或《沙陀國》自成一派的任何紀錄。第二，「滬上新調」是指上海京班所唱的新調，是因為可以看到對應的北管《沙陀國》抄本，[28] 相形之下北管本成為「舊調」，記者顯然假設讀者都知道，甚至熟悉這個舊調。

「滬上新調」在1926年的台灣很叫座，受到觀眾歡迎，同年就灌錄了台灣京劇唱片兩種，資訊與唱詞如下：

> 片心劇目名稱《沙陀國》，此唱片為1926年日本蓄音公司灌製，兩面唱片，片號F43、F44，演唱者為烏肉網市，頭段、二段僅存目錄，原片未見，三段、四段片心標注「西皮 双板」。

---

27　何毅：〈台灣京劇唱片考辨（1926-1945）〉，頁111。

28　北管本《沙陀國》見《昭和辛未年桂月武英殿西秦王爺曲簿第九號番社庄陳石發李春園殿》（曾文桂藏本9）總綱抄本，文化部國家文化記憶庫，https://memory.culture.tw/Home/Detail?Id=50133&IndexCode=online_metadata。

　　片心劇目名稱《珠簾寨》，此唱片為 1926 年日本蓄音公司灌製，一面唱片，片號 F30B，演唱者為鱸鰻，片心標注「西皮」，僅存目錄，原片未見。

　　《沙沱國》唱詞：

　　（頭段）僅存目錄，原片未見。

　　（二段）僅存目錄，原片未見。

　　（三段）（李克用）【西皮搖板】太保傳令把隊收，【流水】李克用撩袍跪席頭臉帶含羞。曾記我打死文楚段國舅，唐王要斬弟的頭。若不是恩官來保奏，愚兄焉有活命留。天高地厚恩少有，這一斗水酒你要飲下喉。（程敬思）用手兒接過梅花盞，尊聲千歲說我言：只因黃巢造了反，一來是借兵【搖板】二問安。（李）【流水】聽說是黃巢起了首，不由得克用笑也笑不休。賢弟飲酒且飲酒，提起了唐王孤皺眉頭。（程）【流水】提起了黃巢造了反，老大王一旁不耐煩。人來將寶【搖板】往前擺，特請千歲把寶觀。（李）【流水】一見珠寶往上擺，不由得克用笑也笑顏開。明明知道裝不解，扭轉頭來問開懷：賢弟做官有數載，此寶打從哪裏來？（程）此寶出在山海外，三年五載進貢來。我今奉了唐皇命，還望千歲□□□。（李）賢弟解寶因何故？（程）特請千歲□□□。

　　（四段）（李）年紀邁來血氣衰，難作國家棟樑材。（程）有道是虎老雄心在，黃巢聞名他不敢來。（李）賢弟不必把孤抬，有輩古人聽開懷：昔日裏有個姜元帥，穩坐釣台不下來。（程）釣魚台來釣魚台，他保周朝八百載。千歲不發人和馬，黃巢笑你老無才。（李）他笑笑的

唐天子，他笑孤家為何來？中軍帳、掛了帥，眾家太保兩邊排。一馬踏入唐世界，萬里江山我扭轉來。(程)【搖板】說此話就該發人馬，(李)唐王晏駕你再來。(程)【搖板】問千歲此寶愛不愛？(李)恨不得一足愛不愛？我念你山遙路遠，你們來、來、來往後帳抬。(程)【流水】千歲做事太不該，□□珠寶□□□。用手取出了唐王旨，□□□□【搖板】□□□。【流水】一見千歲爺變了臉，回頭埋怨把臉翻。你父不發人和馬，有何臉面【搖板】回長安？(李嗣源)叔父不必把我怨，侄兒進帳□□□。進得寶帳【搖板】□□□，望求父王把兵傳。[29]

考慮到瑞德寶的演出在當年 2 月，同年縱有錄製唱片，時間很難比他更早，在此推定是演出迴響熱烈，唱片公司認為有利可圖才灌錄本劇唱段。這兩種唱片共計五面，目前在國立台灣大學圖書館數位典藏館中的「復刻經典 78 轉唱片數位化」計劃能夠聽到其中兩面。[30]〈台灣京劇唱片考辨（1926-1945）〉討論了這兩面唱片：

> 該劇正名《沙陀國》，片心誤題「陀」為「沱」。台灣此唱片中雖然在片心上標注由老生演唱，不知何故標注《沙陀國》。其中李克用唱腔中，保留了大量淨行唱腔，是

---

29  何毅：〈台灣京劇唱片考辨（1926-1945）〉，頁 111、178。

30  國立台灣大學圖書館數位典藏館「復刻經典 78 轉唱片數位化」計劃，文中列舉唱片，網上可以提供局部試聽，如要聽完全片，必須親至台大總圖書館辦理相關手續，https://www.lib.ntu.edu.tw/AR/pano/78rpmrecords/index.html。

譚（鑫培）派的風格，但很多句的唱腔並不是譚派風格，如「不由得克用笑也笑不休」、「不由得克用笑也笑顏開」等句，十分貧氣的唱腔，不知源自何處。四段中李克用【西皮搖板】「恨不得一足愛不愛」一句為演員誤唱。唱片中多處含混不清，演唱者似剛學這齣戲不久，對於劇中對口的部分顯然不太熟悉。[31]

　　要特別注意的是，在台灣 1926 年的這張唱片劇名為《沙陀國》，而非《珠簾寨》。如前所述，本劇曾有老生與花臉兩個版本，花臉版本為原始版本，老生版本為譚鑫培將其改造為老生唱腔而成，今天的舞台只剩下老生版本了。由於瑞德寶是老生演員，若要演這齣戲只能依循譚派，在譚派的風格上加點花樣。然而，通常譚派會稱此劇為《珠簾寨》而非《沙陀國》，可以說明，唱片公司之所以選擇《沙陀國》是因為瑞德寶的演出成功。至於為何瑞德寶演出時不貼《珠簾寨》？首先顯然是台灣觀眾只知有《沙陀國》，不知有《珠簾寨》。其次是瑞德寶不是譚派嫡傳，可能不希望觀眾用譚派的標準看待他。

　　瑞德寶是知名演員，沒有留在台灣錄製唱片，也沒有教戲。錄製唱片的演員「烏肉網市」、「鱸鰻」是台灣訓練出來的演員，其表現並不理想。首先，就是因為要趕流行，唱片要在這齣戲的熱度減退之前進入市面，無論演員的學習或練習都不充分。一般來說，演員誤唱會重新灌

---

31　何毅：〈台灣京劇唱片考辨（1926-1945）〉，頁 111。

錄，不會任之進入量產，顯然唱片公司不在意這些瑕疵。
其次，教戲的老師對於這齣戲可能也不夠熟悉，只是應唱
片公司要求，非要這幾段《沙陀國》不可，只能自己想辦
法交差。〈台灣京劇唱片考辨（1926-1945）〉在討論《甘
露寺》、《劉備招親》唱片時，曾經注意到「唱詞、唱腔
與海派定本不同」的現象：

> 灌錄唱片的幾位演員，按資料來看都常年在台南演
> 出……這些演員多為由大陸來台的藝人，考量聘請至台南
> 教戲的藝人，絕非頂尖知名演員，在教授過程中難免會有
> 忘記或不會的地方，即戲曲行常說的「不過門的地方」，
> 屆時很可能需要依靠見識和閱歷臨時編纂，以搪塞班主和
> 學員。若此假設成立，唱片中唱詞、唱腔的不同之處，也
> 就容易解釋了。[32]

譚派《珠簾寨》唱詞因為只有一個派別，所以相當
穩定，不會有別的版本。唱工要字正腔圓是戲曲的基本要
求，《沙陀國》的含混不清絕非演員或教師所願見的，筆
者仍覺得唱片公司嫌疑重大，不過至少聽起來仍是譚派。
大概是因為在當時的風氣之下，台灣教戲老師對於譚派知
道的不少，也能說出《珠簾寨》的大致輪廓，但是在細節
上無法完全掌握，仍有「不過門的地方」，只能「依靠見
識和閱歷臨時編纂」了。此外，當時灌錄唱片，是要坐船

---

32　何毅：〈台灣京劇唱片考辨（1926-1945）〉，頁61。

去日本的錄音間排隊，在東京住飯店，[33] 教戲老師未必同行，演唱者還得現學現賣。在錄音間真要是一時慌亂，當場忘詞，就只能進一步惡化，依靠演唱者自己的見識和閱歷臨時編纂了。

### （二）《空城計》唱片當中的譚派

　　台灣京劇唱片自行填補細節的過程，還可以用《空城計》唱片進一步說明。從報刊資料看來，1915 年以來，本劇就受到注意，但是唱片卻不多，只有三種，收錄全劇中的兩個唱段，都是大陸演員在台演唱，而非台灣演員。錄製時間集中在 1926、1927 年，在梁一鳴、白玉峰、劉鳳卿來台演出之後。前兩種唱片為日本蓄音唱片發行，在利家唱片再版過，第三種唱片由古倫美亞唱片發行，其實只是第一種的補完版。三種唱片都能在台灣大學圖書館數位典藏館聽到，資訊與唱詞如下：

　　　　空城計【1926 年日本蓄音唱片兩面】趙炎甫飾諸葛亮、東薈芳音樂團伴奏（F99）

　　　　（頭段）【西皮慢板】我本是臥龍崗散淡的人，學陰陽如反掌保定乾坤。先帝爺下南陽御駕三請，算就了漢家業鼎足三分。官封我武鄉侯執掌帥印，東西爭南北戰博古通今。

　　　　（二段）周文王訪姜尚周朝大振，漢諸葛怎比得那前

---

33　徐麗紗、林良哲：《從日治時期唱片看台灣歌仔戲》（宜蘭：國立傳統藝術中心，2007），頁 460。

輩古人。閒無事在敵樓亮一亮琴音，（【琴歌】）（笑）啊
哈哈哈！【原板】撫瑤琴我面前缺少一個知音的人。【二六】
我正在城樓觀山景，耳聽得那人馬亂紛紛。旌旗招展空中
影，原來是司馬發來的兵。曾記得在渭南會過陣，別來時
無恙駕可安寧。一來是馬謖無學問，二來是將帥不和失守
了街亭。西城內是無有別的敬，準備着羊羔美酒、美酒羊
羔犒賞你的三軍。你不要胡思亂想心不定，你就來、來、
來，請上城樓【散板】聽我撫琴。

　　槍斃閻瑞王【1927 年 5 月日本蓄音唱片一面】王吉
芳飾諸葛亮（F106B）（按：此唱片內容實為《空城計》。）
　　（片頭報名：請王吉芳老闆唱《空城計》中段。）（按：
此片頭為王吉芳自己報名。）
　　（白）天吶，天吶！這漢室興敗，就在我這空城一計
也。【西皮搖板】我用兵數十年從來謹慎，悔不該差馬謖
無用之人。設下了空城計我的心神不穩，望空中求先帝大
顯神靈。

　　空城計【1931 年 3 月古倫美亞唱片兩面】趙炎甫飾
諸葛亮、蓬萊閣音樂團伴奏（80166；F930/1）
　　（頭段）【西皮慢板】我本是臥龍崗散淡的人，學陰陽
如反掌保定乾坤。先帝爺下南陽他御駕三請，算就了那漢
家業鼎足三分。官封我武鄉侯執掌帥印，東西爭南北戰博
古通今。那周文王訪姜尚周朝大振，漢諸葛怎比得那前輩
的古人。我閒無事坐敵樓我就亮一亮琴音，

（二段）（【琴歌】）【原板】撫瑤琴我面前缺少一個知音的人。【二六】我正在城樓觀山景，耳聽得人馬亂紛紛。雄旗招展在那空中影，卻原來是司馬發來的兵。曾記得在渭南會過了陣，別來時無恙你的駕可安寧。一來是我馬謖無學問，二來是將帥不和失守了街亭。你連奪我三城多僥倖，又不該帶兵趕到了西城。我也曾是命人去打聽，打聽得你司馬帶兵往西行。諸葛亮在此把駕等，等候了司馬到此咱們談吶，談談心。西城內無有別的敬，準備着羊羔美酒、美酒羊羔犒賞你的三軍。身旁我只有琴童人兩個，外無有人馬內無有兵。你不要胡思亂想心不定，你就來、來、來，請上城樓【散板】聽我撫琴。[34]

　　唱片的製作過程，一如《沙陀國》並不細緻，錯誤很多，而且是很低階的錯誤。王吉芳版貼錯標籤《槍斃閻瑞王》，利家公司再版的時候，竟然延續了第一版的錯誤，匪夷所思，王替自己報幕的時候已經說得很清楚了：「請王吉芳老闆唱《空城計》中段」，看來利家公司根本沒有檢視過自己要出品的唱片。趙炎甫版對於「要在兩面唱片的時間內唱完唱段」的基本限制沒有概念，只好刪減【二六】的唱詞，給了 1931 年製作「補完版」的空間，說明《空城計》是有銷路的，唱片公司也能很好地設計一張唱片，但是之前為何如此草率？回到這兩張唱片的譚派問題，〈台灣京劇唱片考辨（1926-1945）〉已有研究。王吉

---

34　何毅：〈台灣京劇唱片考辨（1926-1945）〉，頁 190、198、192、205、217。

芳唱片「所演唱僅四句【西皮搖板】，雖是譚派風格但並不考究，多處行腔頗為怪異。」[35] 就是《沙陀國》唱片所説的「唱片中唱腔的不同之處」，這些不同之處是因為王吉芳以及趙炎甫跟譚派都沒有師承關係，他們沒有非遵循譚派唱腔不可的必要，或者是缺乏掌握譚派完整唱腔的訓練，又或者以上皆是，可是唱腔中的譚派風格是沒有問題的。

趙炎甫唱段中的【西皮慢板】，已有研究者詳細討論，本唱段的經典是 1926 年余叔岩版，後來四大鬚生各有變化。[36] 趙炎甫則在這條發展脈絡之外，他的唱腔也是「大體宗譚（鑫培）派路子，間或夾雜其他唱法。」如此判斷的理由有三：第一，唱詞：大體是譚鑫培改編過的，譚鑫培【西皮慢板】的「學陰陽如反掌保定乾坤」、「東西爭南北戰博古通今」兩句，歷來評論者都認為文理不通，趙炎甫也照樣學來。但是【西皮二六】卻是採用更古老的版本，「曾記得在渭南會過了陣，別來時無恙你的駕可安寧」兩句，譚派就不唱。第二，唱腔：趙炎甫的唱詞是譚派，唱腔的大架構也是譚派，隨着時間也有發展。1927 年唱片，大抵忠於譚派，自己沒有什麼想法。「1933年，趙在台灣應該已經有了一定地位了，唱腔也有了自我發展的地方，由於趙嗓音偏左，吃高不吃低，遇有能高之處必用高腔，如第一句中的『崗』字，第二句中的『陰』

35　何毅：〈台灣京劇唱片考辨（1926-1945）〉，頁 84。

36　邵錦昌：〈我面前缺少個知音的人——《空城計》西皮慢板各流派唱腔分析〉，頁 265。余叔岩是譚鑫培的徒弟。

字，比比皆是，這些都是譚氏所無，趙之前也不是這樣演唱的，從劇情來講也不符合武侯當時的身份與年齡。」用1926 年灌錄的余叔岩唱片一比較便非常明顯，這些發展顯然沒有受到余派影響。第三，樂隊：「趙前後灌片，有個不一致的地方，即 1927 年的唱片中，【西皮二六】之前的【大鑼奪頭】剛打完，緊接着就張嘴起唱了，這是老派的唱法，無論奎派、譚派皆如此，譚鑫培之愛婿王又宸唱片中即這樣起法。第二次，在 1933 年唱片中，趙等了一個小「墊頭」（工尺譜是四尺上），這與後來時興的起法一致，可見趙是受了後來來台演出的京班，或是大陸傳過來的唱片影響，才改由這樣起唱的。但在【西皮慢板】的【琴歌】曲牌中，樂隊還是照以前的老演奏方法，即胡琴拉奏，並加小堂鼓。照例【琴歌】都是由彈撥樂（月琴、三弦）彈奏，非胡琴拉奏，更不會有堂鼓，趙唱片中這樣演奏的原因是，因為除譚派以外的《空城計》此處該由胡琴奏【夜深沉】，而這一曲牌演奏時必配小堂鼓合奏，清末雙處、時慧寶等人唱片均是如此。趙本人雖然照譚派演唱，樂隊也照着譚派的路子演奏，但在細節方面，顯然並不講究。」[37]

逐層討論至此，不難發現，這其實跟演員成長的積累有關。趙炎甫的唱法有譚派以前的，有譚派的，有自出心裁的，他的嗓子能唱高調門，就試着盡量發揮這個優勢。在《空城計》唱片當中，唱腔的大框架仍是譚派，唱腔、

---

37　何毅：〈台灣京劇唱片考辨（1926-1945）〉，頁 84-85。

樂隊則是三者結合，但屬於一種拼盤式的結合，趙炎甫版
雖然獨特，可惜藝術成就並不高，跟余叔岩一比，高下立
判。譚鑫培雖然厲害，但是不等於沾上譚派，就可以讓
藝術表現提高一級，演員的表現取決於他的天賦、品味與
修養，前述王又宸《三搜臥龍崗》的編腔，就是一個很好
的例子。王吉芳跟趙炎甫都是跟隨大陸京班來台，長期
在台工作的演員，這批演員一般屬於那種在上海混不太
好，沒能出人頭地，但是能跑到外地某個碼頭教戲的水
準。他們的程度，也反映在他們所教出來的徒弟身上，
像是烏肉網市。

## 五、結語

從二十世紀京劇傳播的角度觀察，台灣一開始是在京
劇流行圈之外的，若是用鄰近的福州、廈門來比較，這兩
地都有京劇活動，上海四大京班先後到過福州，廈門、漳
州，出現一批京劇票房。[38] 筆者認為這和新興期刊和唱片
的販售有關，台灣在二十世紀初，不在上海的印刷品與唱
片市場範圍之內，而進入東京的印刷品與唱片市場之內，
這是《馬關條約》的後果，也由此限制了台灣觀眾對京劇
的認識。

---

38　中國戲曲志編輯委員會：《中國戲曲志 • 福建卷》（北京：中國 ISBN 中
　　心出版社，2000），頁 13。

　　當時譚鑫培的聲勢又是如何呢，東方百代（Pathe）唱片公司，在 1909、1913 年兩次至北京聘請名角錄音，如「京劇大王」譚鑫培，這是第一批在北京錄製的唱片。這批貨真價實的名角唱片大為熱賣，壓倒其他前述在華唱片公司，最有名的是譚鑫培的「七張半」唱片，直到 1921 年都穩居百代熱門唱片榜首，其中《賣馬》、《洪羊洞》迄今仍是經典，欲學此二唱段者，這兩張唱片是必然的學習典範。[39] 譚鑫培唱片如此熱門又如此出名，在以《申報》為首的期刊上，如《申報京劇資料選編》，是天神級的存在。

　　相形之下，台灣唱片工業及市場由日資壟斷。日本蓄音機公司 1910 年在台北設立「出張所」，是台灣販賣留聲機與唱片的開始，同時有零星販賣進口唱片如古典音樂、京劇、梆子等。1914 年日本蓄音機公司開始關注台灣唱片市場，邀請台灣演員到東京灌錄唱片三十八枚，內容有北管、客家音樂、Formosa Song（當時「歌仔戲」的名稱尚未確定）等粗紋唱片，顯見是以台灣戲曲、曲藝為主。[40] 1910 年開始販售的進口唱片顯然太零星了，以致於台灣唱片持續存在着「翻唱唱片」的現象，唱片公司另找演員，翻唱大陸唱片公開發行，「當時日本壟斷了台灣的唱片業，幾乎每家公司都有日商背景，其他公司如美國勝

---

39　李元皓：〈京劇視聽媒介的演進 —— 物質文化與非物質文化相遇（以京劇為例之一）〉，《清華學報》，2011 年第 1 期，頁 171-194。

40　葉龍彥：《台灣唱片思想起》（台北：博揚文化事業有限公司，2001），頁 36、44、58、66。

利、德國蓓開、法國百代的唱片無法行銷到台灣，因此，只能靠一些來往於兩岸的人攜帶，既然不能複製出版，就以翻唱的形式呈現給台灣聽眾。」[41] 翻唱唱片能有市場，表示消費者不知道有原版存在，更沒有聽過原版唱片。從《台灣日日新報與台南新報戲曲資料選編》當中，看不出來有任何記者聽過譚鑫培唱片，或是對譚鑫培有任何認識。所以這段時間的報刊對京劇陌生而好奇，也不知道譚鑫培是誰。

由於台灣的歷史位置是如此特殊而有趣，以致於可以為本文所關懷的戲曲傳播，提供一個極為獨到的視角。一般的戲曲傳播，討論的都是超級明星、流派傳人、經典表演如何薪傳的問題。不過在超級明星、流派傳人、經典表演之外，戲曲的絕大多數演員，其實是普通演員、無名演員，是不被特定流派視為傳人、表演無法達到經典高度的存在，這些人才是戲曲傳播的絕大多數，只是從未被戲曲傳播所看到。沒有看到是因為受到戲曲傳播的材料、戲曲傳播的歷史觀與認識論限制，大家對普通的表演視而不見。

譚派的傳播也是，「譚派風格也逐步成為最普遍的老生風格」這句話，是指絕大多數老生演員，不被視為譚派，表演不被認為是正宗譚派，他們一兩代人受到譚派潛移默化的影響，從而改變了老生的風貌，這個過程受限於材料，反而難以研究，而台灣報刊唱片在此發揮了絕妙的作用。

---

41　何毅：〈台灣京劇唱片考辨（1926-1945）〉，頁27。日本帝國1911年關稅自主。

　　在報刊當中，可以看見隨着京劇的逐漸流行，京劇的表演與欣賞，也經歷了從初階到高階的過程，從藝旦到科班徒弟，再到京班演員，當時最高階的譚派表演來到台灣，並能灌錄唱片。《沙陀國》唱片的不如人意，非戰之罪，不能反映教師與演員的程度，而是反映了唱片公司的行銷策略，不惜粗製濫造，也要跟風；也反映了譚派流行，有其強大的藝術感染力。這一齣戲沒有譚派之名，瑞德寶也沒有標榜譚派正宗，台灣觀眾不是因為先知道這一台戲是譚派而肯定他的。同理，《空城計》唱片也類似，可說台灣京劇「有譚派而非正宗」，不過從《空城計》在台演出開始，譚派藝術即逐步展現其感染力，從童伶等級到流派等級，再到唱片，譚派雖未成為京劇觀眾人盡皆知之事，卻成為京劇老生表演無所不在之事。

　　經由報刊與唱片的研究，譚派的傳播是滲透的、片段的，經由師徒口傳心授，上海來台教學的演員戲師，其教學內容有譚派，但他們的譚派有可能是模仿摸索、彷彿有得的譚派，比較不可能是師徒相傳的正宗——因為要是真的能跟老譚拉上關係，在當時是有廣告價值的，不可能秘而不宣——戲師一般沒有名字，他的師承很可能也不是譚派，但是他們大幅的向譚派靠攏，教學的內容，明顯具有譚派架構與譚派特色。這種模仿摸索、彷彿有得的譚派是另一種譚派傳播的潛在主力，那怕是在台灣，觀眾對譚派所知極為有限，另一種譚派也在台灣傳播開來了。

# 中法大學教育交流視角下的戲曲西傳 —— 以沈寶基及其《西廂記》譯介為例[1]

## 羅仕龍

　　現職台灣清華大學中文系副教授、博士生導師。法國巴黎新索邦大學戲劇博士。曾任教於法國巴黎狄德羅大學、法國保羅梵樂希大學等校中文系，講授中國戲劇、中國古典文學、中法翻譯等課程。著有法語專書《十九世紀法國戲劇舞台上的中國》，譯有宋春舫法語遊記《海外劫灰記》，以及拉高斯（Jean-Luc Lagarce）、卡繆（Albert Camus）、維納韋爾（Michel Vinaver）等法國當代劇作家作品。曾發表十數篇中文學術論文刊登於《清華中文學報》、《台大中文學報》、《政大中文學報》、《成大中文學報》、《戲劇研究》等期刊，並長期為南京大學《戲劇與影視評論》等刊物撰稿。2021 年起與國光劇團藝術總監王安祈教授共同主持 IC 之音竹科廣播電台《打開戲箱説故事》節目。

---

1　本文部分內容經整理後刊於台灣《戲劇研究》期刊。

# 一、前言

　　中西文化交流的歷史版圖上，戲曲西傳是不可忽略的論題之一。眾所周知的例子是十八世紀耶穌會傳教士馬若瑟（Joseph-Henri de Prémare, 1666-1736）翻譯了元雜劇《趙氏孤兒》，收錄在杜赫德（Jean-Baptiste Du Halde, 1674-1743）編纂的《中華帝國全志》（*Description de la Chine*）之中，進而啟發伏爾泰（Voltaire, 1694-1778）編寫《中國孤兒》（*L'Orphelin de la Chine*, 1755），風靡一時。近年，筆者在中法戲劇交流的框架下，嘗試撰寫了數篇關於元雜劇在十九世紀法國傳譯與改編的論文。藉由前人的研究成果為基礎，筆者試着採用個案研究的方式，逐一釐清各個作品西傳的歷程與接受的脈絡，期望能拼貼出更為細緻的戲曲西傳圖像。

　　綜合近年研究可以清楚得知，戲曲作品西傳的原因及其影響範圍的廣泛與否，與該作品在中國的評價高低並無直接關聯。最明顯的例子之一乃是鄭光祖的《㑳梅香》。該劇常被中國文人視為《西廂記》之仿作，評價不高。然而，自 1838 年法國漢學家巴贊（Bazin aîné, 1799-1862）翻譯出版《中國戲劇選》（*Théâtre chinois*）以降，[1] 十九世紀多有改編版本，不但曾於文學才女俞第德（Judith Gautier, 1845-1917）的文藝沙龍演出，也曾受到晚清駐

---

1　該書收錄《㑳梅香》、《合汗衫》、《貨郎旦》與《竇娥冤》共四個劇本，正文前並附有長文一篇，介紹中國戲曲的源流、演變與特點。

法外交官陳季同的法國友人青睞，甚至還在 1900 年萬國博覽會上以音樂會的方式表演。[2] 直到二十世紀中期，法國廣播公司製播一系列廣播劇時，也曾將《㑳梅香》列入節目，儼然是中國古典喜劇的代表。令人好奇的是，在中法戲劇源遠流長的交流史上，《西廂記》究竟出現在何處呢？2011 年，法國阿維尼翁 Off 藝術節演出話劇版《西廂記》，由法國藝術家傑拉斯（Gérard Gelas, 1947- ）改編與導演，上海戲劇學院與法國里昂黑橡樹劇院（Théâtre du Chêne noir）共同製作演出。那麼，在十九、二十世紀期間的法國，是否也可以找到《西廂記》傳譯的元素或訊息呢？

## 二、法國漢學發展進程下的 儒蓮《西廂記》譯本

法國漢學家巴贊師承儒蓮（Stanislas Julien, 1799-1873）。在巴贊出版《中國戲劇選》之前，儒蓮已經翻譯過元雜劇《灰闌記》（1832 年出版），並重譯《趙氏孤兒》（1834 年出版）。據儒蓮在《灰闌記》譯本前言指出，他已經閱讀了二十齣《元曲選》收錄的劇本，並聲稱「甫譯完《看錢奴》、《馮玉蘭》、《竇娥冤》、《合汗衫》等

---

2　羅仕龍：〈中國「喜劇」《㑳梅香》在法國的傳譯與改編〉，《民俗曲藝》，2015 年第 189 期，頁 63-117。

四劇，現正有意於近期出版之」。[3] 儒蓮終其一生並沒有出
版《馮》、《寶》、《合》等三劇譯文，《看》劇譯文則有手
稿存於法蘭西研究院圖書館，[4] 反倒是《中國戲劇選》裏收
錄了巴贊翻譯的《竇娥冤》與《合汗衫》。至於與《㑳梅
香》情節相仿的《西廂記》，其譯文出自儒蓮之手（1872
年翻譯），但要到 1880 年才出版，此已為儒蓮身後之事。
從現有的資料看來，並無法確知儒蓮是否因為巴贊已出版
《㑳梅香》，所以刻意延後出版《西廂記》，也無法確知巴
贊是否曾與儒蓮交換過意見，因而決定翻譯《㑳梅香》。
可以確定的是，巴贊《㑳梅香》譯本雖然針對劇中字詞、
典故都提供了豐富的注腳，但《㑳梅香》原文裏兩處與
《西廂記》有關的典故，巴贊恰好都予以刪除。一是第三
折正旦扮婢女樊素對小姐唱「您吵鬧起花燭洞房，自支吾
待月西廂」（見【麻郎兒】），另一則是同一折裏樊素對
男主角白敏中唱「你好狀臉也畫眉郎，並曾干多口小紅
娘」（見【雪裏梅】）。不論巴贊是基於什麼原因迴避了
《西廂記》，可以肯定的是，《西廂記》譯本一直要到十九
世紀末才漸為法國讀者所熟知，足足比《㑳梅香》晚了
四十餘年。

　　雖然法國漢學界自十九世紀以來對中國戲曲的研究
有長足的進展，但儒蓮的《西廂記》譯本在形式上並沒

3　Stanislas Julien (trad.), *Hoeï-lan-ki, ou L'histoire du cercle de craie* (London:
　J. Murray, 1832), p. ix.
4　李聲鳳：〈法國漢學家儒蓮的早期戲曲翻譯〉，《上海交通大學學報（哲學
　社會科學版）》，2015 年第 2 期，頁 105-112。

有完全依照元雜劇的體例，而是參酌法國戲劇的習慣予以重新編排。亦即，凡有劇中人物上場或下場則另起一場（scène），連綴成幕（acte）。因此，原劇的第一本第一折在儒蓮譯本裏成為「第一幕」，分為六場。為便於熟悉漢語的學者參照，儒蓮在唱詞處都附上中文。[5] 綜觀儒蓮《西廂記》譯本，共分為十六幕，全劇收於第四本第四折張生唱詞「除紙筆喉舌，千種相思對誰説」。此為草橋店夢鶯鶯之場景，從劇情與曲文即可判斷儒蓮譯本根據的乃是金聖歎本《第六才子書西廂記》（全劇共四本），而非結局收於張君瑞高中狀元的王實甫《西廂記》（全劇共五本）。類似的曲文之別隨處可見，只需以王實甫、金聖歎兩版本對照儒蓮譯本即可得知。例如，儒蓮譯本第四幕第二場（亦即原文第一本第四折）中，張君瑞利用寺廟安排崔府家眷捻香場合，意圖探看鶯鶯。張生心焦等待之際唱詞為「侯門不許老僧敲，紗窗也沒有紅娘報」。[6] 此句在元本《西廂記》作「侯門不許老僧敲，紗窗外定有紅娘報」。[7] 兩相比對之下，即知儒蓮使用的是金聖歎本。只不過，不管有沒有紅娘報，儒蓮似乎誤解了這句唱詞的意思。在中文裏，「紗窗也沒有紅娘報」意指紅娘不來報知鶯鶯的消

---

5　類似的法漢對照編排，早在儒蓮編寫《漢文指南》（*Syntaxe nouvelle de la langue chinoise*）時即已使用。《漢文指南》於 1869 年至 1870 年出版，共兩冊。書中有部分內容採用《趙氏孤兒》唸白與曲文，逐字對照直譯，而後再用正確的法語解釋原文，以幫助學習漢語者更加理解漢語的句法結構。

6　Stanislas Julien (trad.), *Si-Siang-Ki, ou* L'Histoire du Pavillon d'occident（Genève: H. Georg-Th. Mueller, 1872-1880），p. 73.

7　王實甫原著，王季思校注：《西廂記》（台北，里仁書局，1995），頁 41。

息。儒蓮將其譯為「Comment Hong-niang n'annonce-t-elle
pas (le sacrifice) à la fenêtre ornée de gaze?」，意即「紅娘
怎麼沒在薄紗裝飾的窗子前宣告（祭祀事宜）呢？」顯
然是將原文的「報信」誤解為報告活動消息的意思了。
然而儒蓮或許自己也覺得這個翻譯不盡完善，於是又在
本句唱詞之下加了一條注腳説，「C'est-à-dire: Pourquoi
n'annonce-t-elle pas à Ing-ing et à sa mère qu'on célèbre le
sacrifice?」，意即「這句話的意思是：為什麼她不向鶯鶯
與鶯鶯的母親報告，説我們要準備進行祭祀了呢？」不論
儒蓮怎麼解釋，顯然沒有把「報」字的受詞給弄明白。張
生關心的是鶯鶯的消息，而從來不是祭祀本身。

　　儒蓮的《西廂記》譯本正文前附有圖雷蒂尼（François
Turrettini, 1845-1908）序文一篇，提供不少與儒蓮譯本
有關的出版信息。[8] 文章開頭未言王實甫之名，逕將《西廂
記》歸於「十才子書」之一。接着引述巴贊在《元朝一
世紀》裏的説法，認為《西廂記》在中國獲致的輝煌成
就遠勝於其他作品，其「語言的優雅，對話的生動」，以
及「詩行和諧的迷人魅力」，讓《西廂記》的聲譽實至名
歸。[9] 除此之外，圖雷蒂尼還引用儒蓮在《平山冷燕》（*Deux
jeunes filles lettrées*）法譯本序言，説明儒蓮翻譯的動機。

---

8　見 Arthur de Claparède, "Nécrologie. François Turrettini, 1845-1908", *Le Globe.
　　Revue genevoise de géographie*, t. XLVIII, 1909, pp. 33-39. 根據這篇訃聞，法國
　　漢學家戈第埃（Henri Cordier）對圖雷蒂尼多有讚譽，強調日內瓦的出版
　　社之所以能夠印刷中文字體，那完全是圖雷蒂尼的功勞，而圖雷蒂尼對
　　漢學最大的貢獻之一，便是創辦了「Atsume Gusa」與「Banzai-sau」（晚采
　　草）兩套書系；儒蓮的《西廂記》譯本即收於前者。

9　François Turrettini, pp. I-II.

儒蓮在該文中逐一說明各個才子書的優點,「過陣子我打算出版一齣十六幕的喜劇。這齣喜劇被視為中國戲劇的傑作,題為《西廂記》。這齣優雅的劇本創作有着典雅動人的曲調唱段,有時表達憂傷的憤懣,有時流露激越的情感,而這所有的喜怒哀樂都穿上一層詩歌的迷人外衣。這齣作品在中國享有人們極度的歡迎,五百多年來未曾須臾間斷,把最被世人賞識的錦繡名句提供給浪漫愛情故事」。[10] 儒蓮這段話同樣未言王實甫之名,很明顯其所根據的乃是金聖歎四本十六折的版本。

　　儒蓮的《西廂記》譯本雖然偶有誤譯之處,但整體來說,如同其弟子巴贊一樣,藉由詳盡的注解以及盡可能貼近原文字面意義的翻譯,展現出漢學家的嚴謹與學識。由於儒蓮從 1832 年至 1873 年間長期擔任法蘭西公學院(Collège de France)的漢語、韃靼語及滿語教席首席,影響力甚鉅,以致他在逝世前一年出版的《西廂記》譯本,在相當一段時間內曾用作法蘭西學院漢語言文學的教學教材。[11]

---

10　Stanislas Julien, "Préface" , *Les deux jeunes filles lettrées*, tome 1, (Paris: Dider et Cᵉ, 1860), pp. XVII-XVIII.

11　Rainier Lanselle, "Introduction" , in Wang Shifu, *Le Pavillon de l'ouest*, texte présenté, traduit et annoté par Rainier Lanselle (Paris: Les Belles lettres, 2015), p. LXIV.

## 三、莫朗小說《戀愛少女金鶯》
## 的變與不變

　　不過，儒蓮的《西廂記》譯本卻受到另一名漢學家
莫朗（George Soulié de Morant, 1878-1955）的批評，認
為其譯文倍感遲滯。莫朗指出，儒蓮譯本「對藝術家或是
對文人雅士來説，讀起來都倍感痛苦。原作中風格晶瑩剔
透的優雅氣韻，在學究沉重的手筆下消失殆盡；原本獨具
創意且動人心扉的意象，屈服於路易菲利浦時代的粗俗風
格，使得原作裏的意象完全被壓碾破碎」。[12] 為了矯正儒蓮
譯本之弊，莫朗將《西廂記》劇本改編為《戀愛少女金
鶯：十三世紀中國愛情小説》（*L'amoureuse Oriole, jeune
fille: roman d'amour chinois du XIIIème siècle*）（以下簡稱
《戀愛少女金鶯》），1928 年出版。主角不採中文音譯，
而以法語「Oriole」（即「金鶯」之意）名之。從標題就
可以看出，莫朗譯本並非將《西廂記》以劇本形式呈現，
而是藉由小説表現；原作中的唱詞與念白，在莫朗譯本裏
悉數以小説對白表現。此外，莫朗並不是直接將原作曲文
翻譯改寫而已，更多時候是自行根據情節需求與行文節奏
增刪內容，有時鉅細靡遺、不厭其煩逐字譯出，有時則將
數支曲牌的曲文裁剪之後連綴成段。全書共分十六章節，
另附開場序幕與尾聲各一，每個章節帶有標題，應是受到

---

12　George Soulié de Morant (trad.), *L'amoureuse Oriole, jeune fille: roman d'amour
　　chinois du XIIIème siècle*（Paris: Flammarion, 1928），p. 10.

金聖歎批點本的影響。例如，《戀愛少女金鶯》前四章標題分別為〈激情甦醒〉、〈他來僧院住下〉、〈和諧聲浪〉、〈受益於儀式的愛情〉，若對照金聖歎批點本的前四章標目〈驚艷〉、〈借廂〉、〈酬韻〉、〈鬧齋〉，很容易可以看出《戀愛少女金鶯》在章節安排上取法金聖歎之處。至於曲文的改寫之處，因非本文重點，此先略過，暫不細談。需要說明的是，《戀愛少女金鶯》的情節鋪排既不同於金聖歎評點本止於草橋店送別，亦不同於王實甫《西廂記》第五本張君瑞慶團圓結局，此皆為莫朗小說特殊之處。

　　從以上的回顧可以看出，二十世紀三十年代以前，《西廂記》在法國至少有兩個比較重要的版本，且都出自法國漢學家之手：一是儒蓮採取學院派方法，以詳譯與注解見長；另一則是莫朗自由改寫為小說，以流暢通俗見長。兩者都以金聖歎批點本為底，各自發展出不同的樣貌。2015 年，法國漢學家藍碁（Rainier Lanselle）重譯《西廂記》，[13] 以王實甫本為底本，為法國讀者提供不一樣的版本選擇。相較於儒蓮、莫朗等前輩漢學家，藍碁顯然有更清楚的版本意識，明確在其翻譯的《西廂記》序言裏指出十八、十九世紀流行於中國的《西廂記》乃金聖嘆本。藍碁認為，雖然儒蓮的譯本有些錯誤，但考量到其時代的限制以及中國戲劇的曲詞理解不易，仍必須肯定儒蓮全譯本的創舉。不過，藍碁同時指出，儒蓮僅譯出金聖嘆批點本的曲詞與賓白，卻未連同評點一起譯出，不易讓

---

13　Wang Shifu, *Le Pavillon de l'ouest*, texte présenté, traduit et annoté par Rainier Lanselle. 此譯本收入巴黎 Les Belles Lettres 出版之一系列《漢文法譯書庫》。

讀者看出金聖嘆本最有價值之處。這個問題同樣出現在
1935 年熊式一的英譯本，因為該譯本也是根據十六折的
金聖嘆本。[14] 相較之下，藍碁認為莫朗為矯正儒蓮「無優
雅可言」（sans grâce）而折衷改寫為小說的版本，其實是
儒蓮譯本的小問題，反而莫朗譯本在今天看起來就顯得
過時。[15]

　　且不論藍碁的評論是否純以學院式的翻譯方法為品
評標準，其譯本序言裏大致回顧了《西廂記》在西方的
翻譯歷程。就二十世紀前半期的歐洲譯本來說，藍碁除
了提及莫朗譯本（改寫本）之外，還述及 1926 年的洪濤
生（Vincenz Hundhausen）德譯本，以及 1935 年熊式一
英譯本、1936 年的哈特（Henry Hart）英譯本。在這些全
譯本（含莫朗的改寫本）之中，藍碁沒有論及的，卻是一
本由中國留法學生沈寶基（1908-2002）於 1934 年出版的
博士論文《西廂記》（Si Syang Ki）。[16] 從形式上來看，這
是一本純學院的著作；從內容上來看，則收錄有《西廂
記》二十折的各折情節摘要與曲文片段選譯。在研究《西
廂記》於二十世紀前半期的傳播議題時，沈寶基《西廂記》
是不應忽略的著作。

---

14  Wang Shifu, *Le Pavillon de l'ouest*, texte présenté, traduit et annoté par Rainier
　　Lanselle, pp. LXIV-LXVI. 值得一提的是，熊式一譯本在《西廂記》正文之後，
　　還附上唐傳奇《鶯鶯傳》譯文，可與《西廂記》雜劇情節互為參照。

15  Wang Shifu, *Le Pavillon de l'ouest*, ibid., p. LXV.

16  Chen Pao-ki, Si Syang Ki, Lyon, Bosc Frères, M. & L. Riou, 1934.

# 四、單一戲劇文本的研究：
# 留學生沈寶基的《西廂記》

　　儒蓮、莫朗的譯本雖然情節完整，但僅止於翻譯，至多是在譯本前為文簡介，並未在譯本的基礎之上開展以《西廂記》為中心的研究。沈寶基的研究補足了這個空缺。

　　沈寶基為中國知名翻譯家、教授，為民初勤工儉學體制下留法的中法大學學生，1934 年獲里昂大學頒授的文學博士學位，頁首特別感謝 Delafarge 與古恆（Maurice Courant, 1865-1935）兩位教授。[17] 論文首先簡介中國戲曲源流，從優孟衣冠說起，概述漢唐乃至宋金的戲劇發展流變，最後將重點放在元雜劇的作家與作品上。沈寶基指出，雖然有不少漢學家研究過中國戲劇，包括儒蓮、巴贊、馬南（Magnin）、雷慕沙（A. Rémusat）、吉美（Guimet），「但我們不得不責怪他們並不精確的翻譯，以及他們淺顯的研究」。[18] 沈寶基認為，僅憑前人概括性的介紹並無法幫助讀者真正認識一齣經典傑作或是重要的作者。為此，他選定「出自王實甫與關漢卿，中國最著名的喜劇之一《西廂記》」作為論文選題。[19] 然而，沈寶基意識到本項課題的困難之處有二：一是這齣詩意盎然的喜劇充滿元代的表達法，豐富精彩，難以現代人的筆墨翻譯；二

---

17　古恆曾任外交官，後擔任里昂大學漢學系教授、里昂中法大學協會秘書。

18　Chen Pao-ki, *Si Syang Ki*, p. 9.

19　Ibid, p. 10.

是數百年來許多關於《西廂記》的迷團懸而未決，難以判定答案。上述有些説明長期存在於法國漢學界，例如戲曲語言之不易翻譯，早在儒蓮翻譯《灰闌記》時即已提出，但仍明知不可而為之。沈寶基的論文序言，主要有幾點與前人看法不同之處，例如作者除王實甫外還有關漢卿，等於認定《西廂記》有一部分是他人續作，這在儒蓮、莫朗的譯本裏都沒有特別提到。至於沈寶基所謂的迷團，實與作品源流、劇中人物的真實身份以及作者身份有關。正因如此，沈寶基本書的前三章鉅細靡遺説明上述三個問題。第一章説明《西廂記》的故事源流，其中以唐傳奇《鶯鶯傳》、商調《蝶戀花》鼓子詞、董解元《西廂記》諸宮調三個作品最為重要。沈寶基詳加比對各個《西廂記》來源文本的內容並予以評述，總結道「《鶯鶯傳》是二流故事，裏頭看不到什麼有個性的人物。《蝶戀花》（中略）是首不怎麼出色的詩歌。董解元《西廂記》（中略）才是著名的《西廂記》劇本真正的素材來源。雖然諸宮調裏的人物性格已經相當鮮明，但要到王實甫的作品中才讓這些人物更顯真實，也較不誇張」。[20] 第二章討論張君瑞的真實身份，提出六種現存的假設，逐一説明。其中，第六項假設即為元稹化名張生一説。沈寶基舉證歷歷，並附上三首元稹所做詩歌以説明之。此外，沈寶基也以專章討論《西廂記》作者，羅列出現存的四種假設，而沈寶基本人所採信的乃是王實甫做前四本，關漢卿續第五本。因此，沈寶基

---

20　Chen Pao-ki, *Si Syang Ki*, pp. 20-21.

利用本章節超過一半以上篇幅，仔細說明關漢卿的生平與創作。沈寶基亦詳述多齣劇本的情節，每折逐一細說。

　　以上關於沈寶基《西廂記》前言與前三章的內容，引用的資料大多來自中文書籍以及中國本身的批評傳統，而未必是延續巴贊、儒蓮等法國漢學家自十九世紀初期以來的認識。如果我們直接將其內容回譯為中文，或許也不一定能認同其引用的觀點。然而，正是因為沈寶基的中國觀點，反而在一定程度上豐富了法國漢學的戲劇研究，提供了前輩漢學家未必注意到或是囿於現實而無法獲取的材料。類似的情形還出現在沈寶基《西廂記》第六章〈《西廂記》與批評〉。嚴格說起來，這個章節並非沈寶基個人的見解，而是選錄沈德符、周德清、毛聲山、焦循、鄭振鐸等自古到今的研究，將其翻譯為法語。一如沈寶基在序言裏所坦承的，他不敢妄言提出嶄新的一家之言，但至少他擷取古今中外的論點，可以彌補過去僅有《西廂》譯本而無深入研究之弊病。在全書結論時，沈寶基重申其一貫論點，[21] 例如第五本為關漢卿所作，並簡析關、王二人創作觀點之不同等。沈寶基指出，相較於其他元雜劇，《西廂記》有以下幾個特殊之處：第一，一般元雜劇楔子較短，但《西廂記》第二本的楔子長度已如同一折；第二，元雜劇多為一人主唱，但《西廂記》並未嚴格遵守此一規制，因而在結構上表現出良好的協調，每一折都在劇情轉折上有其不可替代性；第三，文學技巧豐富多變，以「曲

---

21　Chen Pao-ki, *Si Syang Ki*, pp. 167-168.

折」為最，尤其表現在老夫人毀約、鶯鶯怒叱紅娘、鶯鶯與張生初見面時鬥氣、草橋分別等橋段。王實甫擅長的文學技巧，尚包括在劇中大量且巧妙運用驚喜、排比、反論、擬聲等技巧，並使用象徵的形象製造且烘托歡樂與悲傷的情境效果；第四，人物情感描繪深刻，每個角色個性鮮明。相較之下，關漢卿續作的第五本在文學技巧上就顯得較為單調，其勝過王實甫之處乃是其風格較為自然，角色心理鋪陳更為人性。就歷代的批評與接受而言，沈寶基指出，過去中國學者對此劇褒貶不一。貶者認為其情節老套、結構拖沓、文詞剽竊，且不熟悉地方用語。褒者則強調本劇的詩韻上乘，是能為普世欣賞的傑作，尤其是作者對人性的理解，對愛情的分析，對禮教的擯棄等，都展現獨到之處。沈寶基歸納道，從《西廂記》於後世的流行以及所受到的讚譽來看，貶者提出的理由顯然不及褒者所言。一般讀者把《西廂記》與《琵琶記》列為中國戲曲之代表作，但《西廂記》受歡迎程度遠勝於《琵琶記》；金聖歎將《西廂記》收於《六才子書》，更是充分肯定其文學價值。

　　沈寶基《西廂記》第四、五章在全書中比重甚高，其中第四章是劇本情節說明與選段翻譯，第五章則是劇本藝術分析。文學作品翻譯是法國漢學的重要組成部分之一，研究中國文學者通常都必須有一定的翻譯成果，以與其研究相輔相成。儒蓮如是，巴贊如是，而在里昂接受大學教育與漢學家培育的沈寶基自然也必須採取類似的研究方法，亦即提供研究文本的翻譯。沈寶基指出，《西廂記》

流傳版本甚多，以金聖嘆本最為普及；沈譯《西廂記》主
要根據王實甫本，偶爾參酌金聖嘆本。[22] 此言雖然輕描淡
寫帶過，但相較於儒蓮、莫朗譯本，可說相當具有版本意
識，遠早於藍碁的論述。可惜的是，沈寶基並未詳加解釋
王、金版本文字不同之處。也因此，儘管沈寶基提出了版
本差異的問題，其譯本事實上可說是綜合了王、金本的
「沈西廂」。從這個角度來說，儒蓮翻譯的《西廂記》雖
然並未說明根據金聖嘆批點本，且翻譯內容難免有錯，但
在二十世紀中葉以前的的法國漢學界仍有其不可替代性，
因為這是唯一一本完全根據《西廂記》前四本逐行翻譯的
法語譯本。

　　在沈寶基的翻譯之前，他大致說明了儒蓮與莫朗的譯
本概況。沈寶基指出，儒蓮譯本的後九幕「令人厭惡，錯
誤俯拾皆是」。[23] 莫朗的小說《戀愛少女金鶯》同樣不忍卒
讀，因為他在「無關緊要的段落上大作文章，借題發揮，
卻常刪去原作的優美詩行。總之，其作品中已完全不見王
實甫的詩意」。[24] 為此，沈寶基表示他將翻譯《西廂記》中
「最典型的場景，以便揭開該書真實的面貌」。[25] 只是，究
竟何為足以展示《西廂記》真實樣貌的典型場景片段呢？
如果沈寶基認為莫朗的裁減不盡如人意，那麼他又是如何
選譯，且避免可能的誤譯呢？試以第一本第四折為例，張

---

22　Chen Pao-ki, *Si Syang Ki*, p. 59.

23　Ibid, p. 59.

24　Ibid, pp. 59-60.

25　Ibid, p. 60.

生有意假借寺廟法事場合見上鶯鶯一面。原【駐馬聽】、
【沉醉東風】兩支曲牌唱詞為：

> 【駐馬聽】法鼓金鐸，二月春雷響殿角；鐘聲佛號，
> 半天風雨灑松梢。侯門不許老僧敲，紗窗外定有紅娘報。
> 害相思的饞眼腦，見他時須看個十分飽。
> 【沉醉東風】惟願存有的人間壽高，亡化的天上逍遙。
> 為曾、祖、父先靈，禮佛、法、僧三寶。焚名香暗中禱
> 告：則願得紅娘休劣，夫人休焦，犬兒休惡！佛囉，早成
> 就了幽期密約。

沈寶基將這兩段曲文整併，配合動作說明。法語譯文回譯
為中文如下：

> 張生焦急不耐，為何還不見她來呢？
> 我的雙眼焦渴，
> 當我看見她的時候
> 我整個人沉醉地凝望着她。
> 盼紅娘別耍心機，
> 盼其母絲毫不知，
> 盼狗兒別使壞，
> 喔，天哪，求您庇佑我們秘密的結合。[26]

---

26　Chen Pao-ki, *Si Syang Ki*, p. 71.

由以上譯文可看出沈寶基大致是擷取【駐馬聽】的「害相
思的饞眼腦，見他時須看個十分飽」，以及【沉醉東風】
的「則願得紅娘休劣，夫人休焦，犬兒休惡！佛囉，早成
就了幽期密約」數句合併而成，且詞義稍有改寫。

又如第二本第五折鶯鶯夜聽琴，原曲文如下：

> 【越調鬥鵪鶉】雲斂晴空，冰輪乍涌；風掃殘紅，香
> 階亂擁；離恨千端，閑愁萬種。夫人哪，「靡不有初，鮮
> 克有終。」他做了影兒裏的情郎，我做了畫兒裏的愛寵。
>
> 【紫花兒序】則落得心兒裏念想，口兒裏閑提，則索
> 向夢兒裏相逢。俺娘昨日個大開東閣，我則道怎生般炮鳳
> 烹龍？朦朧，可教我「翠袖殷勤捧玉鐘」，卻不道「主人
> 情重」？則為那兄妹排連，因此上魚水難同。（紅云）姐
> 姐，你看月闌，明日敢有風也？（旦云）風月天邊有，人
> 間好事無。
>
> 【小桃紅】人間看波，玉容深鎖繡幃中，怕有人搬弄。
> 想嫦娥，西沒東生誰與共？怨天公，裴航不作游仙夢。這
> 雲似我羅幃數重，只恐怕嫦娥心動，因此上圍住廣寒宮。

沈寶基翻譯曲文如下：

> 雲朵群聚，遮蔽天空，
> 冰宮車騎攀登高，
> 風兒帶走層層
> 堆疊於階前的紅葉。

多麼令人懷念啊！多麼令人傷感啊！

母親啊！僅僅那麼一刻，他幻想着自己是情郎，

而我，只能是畫中的愛侶……

紅娘：「小姐，瞧瞧月暈，明日有風呢。」

鶯鶯：「啊，沒錯！有月暈呢。」

閨房大門關住

世間美好的臉龐，

就怕有人掀起她們的蓋頭來；

月神嫦娥啊，

東邊升起，西邊落下，

誰又能常伴其左右？

蒼天哪，真令人厭惡，

唯恐她心蕩神搖，

用簾幕將冰宮來環繞！[27]

　　兩相對照，不難看出沈譯本與原作之間的差異，特意避開許多典故與辭藻以求翻譯之便，改以淺顯的唱詞與念白說明張生、鶯鶯兩人無法依約結連理之苦惱，並將鶯鶯自己的命運與月宮嫦娥相比擬。雖然不見得能百分之百傳達原文的字義，但精神大致相去不遠，且閱讀起來直白流暢，不失為沈譯本的特點。

---

27　Chen Pao-ki, *Si Syang Ki*, p. 85.

# 五、結語

　　在中國戲曲發展史上，《西廂記》自有其不可替代的地位。然而，在中法文學交流的歷史上，《西廂記》卻甚晚才進入法國讀者的視野。相較於其他較早被譯介且流傳較廣的雜劇作品來説，《西廂記》的篇幅在一定程度上造成翻譯的不便，以致於很有可能因此未在第一時間被列入法國漢學家的翻譯工作之中。長篇劇本可能也造成閱讀或演出改編的困難。例如巴贊在 1838 年出版《中國戲劇選》的四本元雜劇之後，緊接着在 1841 年出版南戲《琵琶記》全本翻譯。相較於《中國戲劇選》所收雜劇造成的迴響、接受與改編，《琵琶記》在法國的接受程度則遠遠不如。同樣的篇幅問題或可説明為何明清傳奇在法國的譯介頗為遲滯──例如《牡丹亭》的法語全譯本要到 1999 年才問世。雖然《西廂記》雜劇的情節、對話與曲文較之明清傳奇更為生動活潑，但篇幅長度卻是無可改變之事。即便是沈寶基有意譯介與呈現《西廂記》的細節，但仍不免必須要對原作的詞句進行裁剪，以求閱讀與理解的便利。

　　值得注意的是，沈寶基是在留學法國、撰寫博士論文的情況下首次將王實甫本《西廂記》按折逐一説明與選譯，突破了過去法國漢學家在第六才子書框架下的譯介與研究。即便相較於同時期的留英學生熊式一的《西廂記》譯本，沈寶基的王實甫《西廂記》譯介與研究仍不失其特殊，在二十世紀前半期的中法戲劇交流史上，沈寶基以及同時期其他留法學生的著作值得更深入的探究與評價。

# 「型塑戲劇」——探析民國初年戲劇改良劇作家韓補庵以社會教育視角開展之編劇理論

## 吳宛怡

現職香港理工大學中國文化學系助理教授。日本京都大學博士。目前研究關注重點為民初北京梆子女劇團發展史以及近代傳統編劇理論建構之歷程。近期專文有〈1912-1918 年間北京女劇的興起：以《順天時報》相關資料為中心之研究〉、〈啟蒙與娛樂之間：民國初年北京女劇團志德社的改良戲劇實踐〉、〈女性はいかに女性を演じたか—新聞・雜誌劇評およびレコード資料から見る1910~30 年代梆子旦行の演技の変遷〉。

# 一、戲劇改良與社會教育

　　清末民初的戲劇改良運動，強調戲劇本身的教化功能，主要希冀透過戲劇而達到開啟民智、移風易俗的效果。於是自清末起即有 1905 年成立的四川的戲曲改良公會、[1] 1907 年在天津成立的移風樂會 [2] 等為首的一系列組織進行編演新戲等活動。[3]

　　民國以後，政府逐一規劃管理戲劇行業與政策相關部門，將其納入社會教育‧通俗教育機構之內。1912 年 5 月教育部首先設立了學校教育司、社會教育司及歷象司三司，社會教育司之內分了宗教科、美術科及編輯科等三科。[4] 6 月將社會教育司之三科修改為第一科宗教、禮俗，第二科科學、美術，第三科通俗教育，[5] 可知社會教育司之下包含了通俗教育的業務。8 月頒令修正案，社會教育司執掌九項業務，與通俗教育有關之項目為第七項「關於通俗教育及講演會是項」及第九項「關於通俗教育之編輯調查規劃等事項」；此外，第五項「關於文藝音樂演劇等事

---

1　戲曲改良公會成立的歷史請參傅謹：《20 世紀中國戲劇史》（北京：中國社會科學出版社，2016 年），上冊，頁 58-65。

2　移風樂會成立的歷史，請參中國戲曲志編輯委員會編：《中國戲曲志‧天津卷》（北京：文化藝術出版社，1990 年），頁 312。

3　關於清末戲劇改良的言說與活動，請參李孝悌：《清末的下層社會啟蒙運動：1901-1911》（石家莊：河北教育出版社，2001 年），頁 168-185；傅謹：《20 世紀中國戲劇史》，上冊，頁 58-110。

4　教育部之下的分司與分科參〈學事一束——教育部內部之組織〉，《教育雜誌》，1912 年第 11 期，頁 79。

5　參〈學事一束——教育部之執掌〉，《教育雜誌》，1912 年第 4 期，頁 25。

項」直接出現與戲劇演出事務有關的職責。[6] 在社會教育司之下，通俗教育與文藝音樂演劇二者之間看似為並行之項目。1915 年，教育部設立通俗教育研究會，以「研究通俗教育事項，改良社會為宗旨」，設有小說、戲曲、講演三股。[7] 戲曲股執掌了「關於新舊戲曲之調查及排演改良之事項」為首等五項項目。[8] 戲曲股的成立，顯示政府正視戲劇的教育面，試圖將戲劇改良的相關政策納入官方的行政體系。

教育部在北京成立通俗教育研究會之後，各地紛紛仿效，[9] 天津地區亦在 1915 年成立社會教育辦事處，由直隸省巡按使朱家寶（1860-1923）提案，設立於天津西北角，並任命身為巡按使公署社會教育顧問的林兆翰（字墨青，1862-1933）為總董，此為天津統括並監督社會教育‧通俗教育之機關，雖為公家機關，然而營運多由民間人士負責。[10] 社會教育辦事處開幕之際，旗下立有十項機關，其中與戲劇相關者即為藝劇研究社，此為編製具有改良要素

---

6　參〈參議院議決修正教育部官制〉，《教育雜誌》，1912 年第 6 期，頁 4。

7　參〈教育部擬設通俗教育研究會繕具章程懇予撥款開辦請均鑑文並批令〉，《京師教育報》，1915 年第 19 期，頁 1-6。

8　另外四項為「關於市售詞曲唱本之調查蒐集事項」、「關於戲曲及評書等之審核事項」、「關於研究戲曲書籍之選擇事項」、「關於活動影片幻燈片留聲機片之調查事項」。

9　根據 1918 年教育部調查統計，全國各地通俗教育總計有 232 個團體，足見其發展迅速。參見〈教育部公佈全國各省通俗教育會概況〉，收入中國第二歷史檔案館編：《中華民國檔案資料匯編》（南京：江蘇古籍出版社，1991 年），第 3 輯，第 15 編，頁 566-567。

10　天津社會教育辦事處成立過程，參戶部健：〈中華民國北京政府時期における通俗教育會──天津社會教育辦事處の活動を中心に〉，《史學雜誌》，2004 年第 2 期，頁 194。

新劇本的團體，[11] 而後又加入藝曲改良社。藝曲改良社成立宗旨為「藉以改良詞曲，即編製新詞曲，以輔助社會教育之改進」。[12] 社會教育辦事處管轄的藝劇研究社與藝曲改良社的職掌項目為傳承、教導各種詞曲及編寫劇本，[13] 其職能類似通俗教育研究會的戲曲股，具備針對戲曲的改良與排演、編寫等執行事項。

　　伴隨社會教育辦事處成立，同時亦發行機關報《社會教育星期報》（1929 年改為《天津廣智館星期報》），[14] 從這份報刊中可以發現藝劇研究社與藝曲改良社的工作內容，其中有一個〈藝劇談〉的專欄，主要發表新編曲藝文本及新編劇本的部分詞曲內容。初刊收錄名為《勸自強》的大鼓書詞，編著者為「直隸省公署教育科科長・社會教育辦事處藝劇研究社社員」李琴湘，[15] 從此可觀察到公家行

---

11　佚名：〈報告〉，《社會教育星期報》1915 年第 1 期，頁 7-8。關於藝劇研究社的活動，〈劇藝談：《新茶花》新詞（說白一段）〉中提到研究社的活動為編輯戲文曲詞，林兆瀚是藝劇研究社的草創人之一。佚名：〈劇藝談：《新茶花》新詞（說白一段）〉，《社會教育星期報》，1915 年第 3 期，頁 11。

12　〈設在廣智館內的藝曲改良社：津市聞人發起組織，全市藝人多為社員〉提及藝曲改良社成立於 1913 年，文中簡介了組織構成、成立宗旨與社務等細項，亦提及韓補庵曾擔任社長。銳之：〈設在廣智館內的藝曲改良社：津市聞人發起組織，全市藝人多為社員〉，《益世報》，1935 年 8 月 23 日，第 12 版。

13　1927 年 2 月 20 日《社會教育星期報》所刊登〈報告〉提及藝劇研究社與藝曲改良社的工作為傳習、教導各式改良詞曲與編寫劇本等事項。可知，其職掌項目與戲劇改良活動有所關聯。本項資料筆者未見，引自戶部健：〈中華民國北京政府時期における通俗教育會——天津社會教育辦事處の活動を中心に〉一文，頁 196。

14　〈本報易名之經過〉，《天津廣智館星期報》，1929 年第 689 期（期數承續《社會教育星期報》），頁 1-2。

15　李琴湘：〈藝劇談：《勸自強》（大鼓書詞）〉，《社會教育星期報》，1915 年第 1 期，頁 9-12。

政人員與藝劇研究社的關聯性。此外，亦刊登多部劇本，有天津文人尹澂甫（名湆，1851-1921)《因禍得福》，[16] 韓補庵（名梯雲，字補青，別號補庵，1877-1947）[17]《幾希》（又名《荊花淚》）[18] 等劇作，而後更以天津社會教育辦事處的名義，發行多部劇本。[19] 這些刊登的劇作當中，劇作家韓補庵為最多產者。

　　補庵為 1903 年鄉試舉人，早年擔任清末直隸學務公所社會科科長，兼任圖書科的課員，[20] 曾在《直隸教育雜誌》發表多篇談論教育政策之文章，[21] 也曾執行直隸省「查

---

16　筆者所見之《社會教育星期報》不全，僅查得《因禍得福》部分劇本刊於 1915 年第 10、11 期。尹澂甫：〈藝劇談：《因禍得福》〉，《社會教育星期報》，1915 年第 10 期，頁 10-11；1915 年第 11 期，頁 9。

17　韓補庵的個人生平介紹，請參孫冬虎：〈戲劇家韓補庵的生平足跡與文化貢獻〉，收入北京市社會科學院歷史研究所編：《北京史學論叢（2016）》（北京：中國社會科學出版社，2017），頁 25-74。

18　筆者所見之《社會教育星期報》不全，僅查得《幾希》（又名《荊花淚》）從第 421 期刊載至第 433 期，第 432 期未登，全劇未完。韓補庵《幾希》，《社會教育星期報》，1923 年第 421 期，頁 9-11；1923 年第 422 期，頁 9-11；1923 年第 423 期，頁 9-11；1923 年第 424 期，頁 9-11；1923 年第 425 期，頁 9-11；1923 年第 426 期，頁 9-11；1923 年第 427 期，頁 9-11；1923 年第 428 期，頁 9-11；1923 年第 429 期，頁 9-11；1923 年第 430 期，頁 9-11；1923 年第 431 期，頁 10-11；1924 年第 433 期，頁 10-11。

19　現查找得知，天津社會教育辦事處出版的作品現有：梁濟（1858-1918）《庚娘傳》、尹澂甫（1853-1921)《珊瑚傳》、韓補庵《丐俠記》（又名《黃金與麵包》）、《麟籌緣》（原名《玉籌緣》、又名《雍門淚》）、《幾希》、《一封書》、《洞庭秋》。劇作均未注明出版日期，推定於 1920 年代。

20　孫冬虎：〈戲劇家韓補庵的生平足跡與文化貢獻〉，收入《北京史學論叢（2016）》（北京：中國社會科學出版社，2017），頁 27。

21　《直隸教育雜誌》，原名《教育雜誌》，1905 年創刊，1906 年改名。1909 年又改為《直隸教育官報》，1911 年停刊。補庵以韓梯雲、圖書課員韓梯雲、補青等名義在 1906 年至 1909 年間發表多篇文章。

學」制度,至各地審視辦學實際狀況。[22] 後擔任藝曲改良社的社長,[23] 以及《社會教育星期報》主編,[24] 可以說民國時期的韓補庵,融合過往參與教育事務經歷,以一位劇作家的身分,秉持戲劇擔任社會教育的工具之理念,致力於戲劇改良活動。親自創作新編戲劇,其作品有《幾希》(又名《荊花淚》)、《丐俠記》(又名《黃金與麵包》)、《洞庭秋》、《麟簫緣》(原名《玉簫緣》,又名《雍門淚》)、《一封書》、《雙魚珮》等劇作,[25] 1921 年出版編劇理論專文〈編戲贅言〉,1924 年出版劇學專書《補庵談戲》。〈編戲贅言〉整合自身在劇場上的心得,揭示了以教育大眾為前提、同時不失藝術精神的戲劇創作理論。《補庵談戲》則對於戲劇美學、中西戲劇比較、表演論等方面有獨具見地的觀點。補庵是民初少見理論與創作並行的劇作家,他

---

22 《直隸教育雜誌》曾刊登〈順德府查學韓梯雲為通飭順屬自費稟〉一篇公文,可知補庵曾擔任查學人員。韓梯雲:〈順德府查學韓梯雲為通飭順屬自費稟〉,《直隸教育雜誌》,1906 年第 8 期,頁 9-10。直隸省的查學制度,參汪婉:〈晚清直隸的查學與視學制度 —— 兼與日本比較〉,《近代史研究》,2010 年第 4 期,頁 34-51。

23 補庵曾擔任藝曲研究社的社長。參鋭之:〈設在廣智館內的藝曲改良社〉。

24 〈興辦新式教育與社會教育的林墨青〉提及林兆瀚擔任社會教育辦事處總董後,同時發行《社會教育星期報》,由韓補庵擔任主編。許杏林:〈興辦新式教育與社會教育的林墨青〉,《天津政協》,2015 年第 335 期,頁 44。

25 《補庵談戲》裏提及目前已寫成六部劇作。根據本人所撰 1934 年〈為奎德社製劇本既成有感〉可知,直至 1934 年,補庵仍持續進行創作,故而作品應該至少在六部以上。見韓補庵:〈為奎德社製劇本既成有感〉,《天津廣智館星期報》,1934 年 3 月 11 日,頁 9。此外,孫冬虎一文裏指出補庵在 1914 年曾改編過《繡囊記》,以及參與奎德社楊韻譜《一元錢》、《一念差》等劇的改編工作。然而,由於《繡囊記》、《一元錢》、《一念差》這三部劇作相關資訊不足,韓補庵參與程度多寡,仍待商榷。孫冬虎:〈戲劇家韓補庵的生平足跡與文化貢獻〉,收入《北京史學論叢(2016)》(北京:中國社會科學出版社,2017),頁 46-47。

的時代正好歷經新興戲劇表演形式的盛衰發展及五四新文化運動；不放棄舊有的戲劇形式，反卻努力思索如何對傳統戲劇藝術進行改革，在題材、內容與結構方面進行調整，嘗試創建出符合一般民眾的欣賞風習、同時具備教育要素的戲劇形式，顯示其獨樹一幟的眼界。

　　目前學界對於民國初年從事戲劇改良的人物及團體活動進行個別分析等方面，已有一定的成果，[26] 但仍有擴展補充的空間。1919 年新文化運動前後，論及戲劇創作理論並投身戲劇改良的知識份子，主要有齊如山、歐陽予倩

---

26 李孝悌的英文專書 *Opera, Society and Politics in Modern China* 分析上海改良京劇的發展史、改良戲劇在上海的演出狀況，此外亦分析易俗社以秦腔為主的戲劇改良活動。Hsiao-T'i Li, *Opera, Society and Politics in Modern China* (Cambridge: Harvard University Asia Center, 2019). 張福海《中國近代戲劇改良運動研究（1902-1919）》論述了 1902 年至 1919 年間戲劇改良思潮的歷史及主要理論派別，其中關於 1912 年以後戲劇改良思潮下的戲劇創作及實績，論及了西安易俗社、梅蘭芳的改良新戲、成兆才的「警世戲社」的劇作等等。本書曾簡述韓補庵的編劇宗旨，由於討論上限至 1919 年，並未對編劇理論與劇目進行詳細的分析。張福海：《中國近代戲劇改良運動研究（1902-1919）》（上海：上海古籍出版社，2015 年）。傅謹：《20 世紀中國戲劇史》在第二篇論及從事戲劇改良活動的易俗社、南通伶工學社等劇團的發展，並提及上海改良京劇與梅蘭芳的新戲創作，以及河北梆子劇團奎德社的新戲創作。傅謹：《20 世紀中國戲劇史》（北京：中國社會科學出版社，2016 年），上冊，頁 115-311。

等人，韓補庵並未受到研究者重視。[27] 然而，從近代戲劇
發展史的角度來看，擁有多年改良戲劇經驗的補庵，熟知
新劇及舊劇的優缺點，主張採取「半新半舊派」的戲劇形
態進行演出，[28] 並提出明確的戲劇觀及務實的編劇理論，
這一嘗試過程，別具時代意義。

## 二、通俗教育利器：
## 半新半舊派的戲劇形態

　　韓補庵出身河北宣化地區，因自身人生經歷，促使他
對傳統戲劇抱着極大的熱情與喜愛。曾自言，小時學習古
文，老師喜愛京劇，課餘之暇，常談京劇故事，此為「戲
癮」之始；後居天津十年，多相識津伶，得以習知「戲

---

27　以《20 世紀中國戲劇理論批評史》為例，第二章〈戲曲的現代化：「五四」
　　戲曲論爭與現代戲曲觀念的確立〉論及五四時期提出戲曲創作論的知識
　　份子，首先分析傳奇創作為主的吳梅、許之衡，而後是齊如山針對京
　　劇為主的編劇理論，最後論及歐陽予倩的戲曲創作論。由於吳梅與許之
　　衡並非戲劇改良的積極推動者，本文不予列入。參周寧主編：《20 世紀中
　　國戲劇理論批評史》（濟南：山東教育出版社，2013 年），上卷，頁 153-
　　169。現今韓補庵的研究成果，主要有孫冬虎〈戲劇家韓補庵的生平足跡
　　與文化貢獻〉，本文對於韓補庵的個人生平資料，有非常仔細的爬梳與考
　　證，亦綜述補庵參與戲劇改良活動之大要、劇作與《補庵談戲》之內容。
　　參孫冬虎：《北京史學叢叢（2016）》。另有孟昕〈韓補庵「戲學」思想
　　評述〉，本文使用主客體的切入角度，解析補庵所謂「戲學」的定義。孟
　　昕：〈韓補庵「戲學」思想評述〉，《早稻田大學總合人文科學研究センタ
　　ー研究誌》，2020 年第 8 期，頁 249-259。
28　韓補庵：〈例言〉，收入《補庵談戲》（天津：社會教育辦事處，1924 年），
　　引自學苑出版社編：《民國京崑史料叢書》第 14 輯（北京：學苑出版社，
　　2013 年），頁 13。

文」，1917 年至北京，寓居七年之間，花費一千五百小時以上消磨於戲園，終領會「戲趣」。此外，亦與南崑老教師學過崑曲。[29]

　　對於傳統戲劇擁有相當程度的理解，明瞭其中的優缺點，亦是促使他從事戲劇改良的活動的原因。認為戲劇的歷史悠久，若天下公認可以無戲，則應革禁，使其不復存在。當前戲猶在，顯示人世公認其可存，只因缺乏世人重視，任其污垢荒穢。故而，主張戲劇有存在的必要性，他不同意當前世間將其本質視為「玩物喪志者」；反之，社會既然無法一日無戲，又不能禁止，則須改進始之為良。改良需多人參與，從文學、藝術、教育、娛樂等不拘一格的角度，改革而刷新之。[30]

　　韓補庵對於戲劇的觀念為：「吾視戲為通俗教育最普遍、最鋒利之工具，每欲利用之以達通俗教育之所欲設施。次之則亦認為藝術化之一怪物，最下亦高尚之娛樂品」。[31]雖稱為「通俗教育」，原則上可將其規劃於「社

---

29　韓補庵：〈談戲零拾一〉，收入《補庵談戲》，頁 36-37。

30　韓補庵：〈緒論〉，收入《補庵談戲》，頁 17-18。

31　韓補庵：〈緒論〉，收入《補庵談戲》，頁 23。

會教育」範疇。[32] 若是參照補庵所編輯的《社會教育星期報》，以及劇本出版元訊息為社會教育辦事處，處處顯示視戲劇作為相對於家庭教育、學校教育以外的教育活動，就施教的對象而言，是全體社會成員。本節的名稱保留補庵原文，然而在命題上為避免混淆，本文題名改以「社會教育」稱之。

　　戲劇擁有教育之功能，此外更具有藝術與娛樂特質，這些特質不應被否定，應先從原有的基礎進行改良。補庵理解新派戲劇改良人士因厭惡舊戲、堅決棄之的心態，但不贊同全盤推翻：

　　　　有人焉知戲之不可為而可為，而又惡夫舊戲之不可與一朝居也，則思自樹一幟，強起而奪舊戲之席。於其本義，吾無間然，若其步法，則吾於今日尚不能表十分之同情。吾亦思欲奪舊戲之席而代之者，非自立異、各行

---

32　筆者於 2022 年 2 月 3 日查找「全國報刊索引資料庫」，以報刊文章主題進行精確搜尋，「通俗教育」一詞出現於 1907 年，1910 年至 1929 年間詞彙出現頻率達到最高，有 479 筆資料，1930 年到 1941 年以後大幅度減少，只剩 14 筆資料。1942 年以後消失。相對而言，「社會教育」一詞則是出現於 1903 年，在 1930 年至 1939 年達到最高，有 2,708 筆資料，直到 1951 年仍有詞條出現。故而，補庵使用通俗教育一詞，可能因所處時代為二十年代前期，當時通俗教育與社會教育的概念類似，並未統一稱呼。在三十年代以後，很明顯「通俗教育」已經被「社會教育」取代。1939 年教育部社會教育司編印《中國社會教育概況》已把戲劇教育列入，足見戲劇已確實被視為社會教育一個項目。見教育部社會教育司編印：《中國社會教育概況》（北京：教育部社會教育司，1939）頁 17-18。

　　其是，步法不同，非有所不足。今之新派疑我者多，故略言之。（〈緒論〉）[33]

跟新派大方向一致，欲以新的戲劇形態取代舊戲，然而，其做法與之是相異的。他理解舊戲對觀眾的吸引力，期待藉由改良原有缺失，逐步創造出適合大眾的表現形式。上文所言「新派」，是相對於舊戲而言，補庵意指歐化、俄化的各式新戲，學校的新劇團所演的戲劇形態也屬於此派別。[34]

　　補庵將戲劇表演中所蘊含的新舊藝術成分，將戲劇形態分類為新派、半新半舊派及舊派。[35] 本人觀賞過不少北方演出的新派戲劇，無論是對劇本內容，或是表演方式都有獨到之心得。例如在新明戲院看過名為問題劇的《潑婦》一劇，因其劇名與內容表現不相符合，指出新派劇本有曲高和寡的傾向：「余對新派本，以為多數新式文人之娛樂品，如舊日之崑高，亦非民眾藝術也」。[36] 亦曾見過北京高師與天津南開劇團的演出，稱讚有好劇本，但是學生演員的演技較為青澀，藝術表現不盡完全：「北京高師

---

33　韓補庵：〈緒論〉，收入《補庵談戲》，頁 23。

34　參韓補庵：〈談戲零拾五〉，收入《補庵談戲》，頁 144-145。此外，單純從劇本類型分類而言，與舊劇劇本不同，兼歐化、俄化與日本化的劇本，又稱之為新化派。參韓補庵：〈談戲零拾三〉，收入《補庵談戲》，頁 81，頁 104。

35　韓補庵：〈談戲零拾五〉，收入《補庵談戲》，頁 138。

36　同條項目之下，亦提及歐陽予倩的劇本《社會鏡》，指出本劇寫社會之罪惡，逼人為惡，思路佳，材料豐富，但劇中一腳色的言詞與劇作家的原義相左，需斟酌調整。足見其對於劇本內容的是否符合主題之重視。韓補庵：〈談戲零拾三〉，收入《補庵談戲》，頁 87。

天津南開各本，則頗有良戲本三字之自，惟學生演之藝
術上當然生疏，伶人又不能演劇」。[37] 雖然新派的表演及劇
本有需調整改進之處，然而，補庵是採取開放的態度，
自言：「吾之對戲觀念，於所謂派別上，毫無成見，舊可
也，新可也，半新半舊亦可也」，[38] 身為劇作家，他更重視
劇本：「然而不論何派，皆渴望有良好之戲本」，[39] 並提及
各派別絕無所謂「能以一人一言使萬類不持異議之『精神
統一』」[40] 之標準。

　　基於如此包容又務實的態度，補庵將改良理念投入
到劇本創作。然而，既然不選擇舊派，那麼要以哪種類
型來承載其所創作的劇本呢？他所專注的戲劇形態是「半
新半舊派」，《補庵談戲》裏提及劇壇所流行的半新半舊
派分為三種，第一種為新戲舊作派，以王鐘聲（1884?-
1911）為代表，其戲以佈景寫真為主，形式為：「不用唱，
而舉動念白仍屬舊式戲」。[41] 第二種為舊戲參新派，以天津
女演員金月梅（生卒年不詳）為代表，形式為：「完全為
舊戲之精神，而參以新戲之方式」，[42] 又言金曾參照王鐘聲
的演出形式，另行改編新戲作品，雖然她的思想知識與
王相去甚遠，但對其以一女子之力能在舞台嶄露頭角，

37　韓補庵：〈談戲零拾三〉，收入《補庵談戲》，頁 105。
38　同上。
39　同上。
40　同上。
41　韓補庵：〈談戲拾零五〉，收入《補庵談戲》，頁 139。
42　同上。

蔚為風氣，仍是採取讚許態度。[43]第三為新戲加唱派，以楊韻譜（清末民初人）及其所帶領之奎德社為代表，形式為：「演出全用新戲之精神，加上舊派之唱」。[44]由於奎德社這種新戲加唱派的形式，符合作品所欲表現的精神，故而補庵聲明他所認定的「半新半舊派」屬於奎德社的戲劇型態。

為何選擇奎德社作為範例？其社所編製的劇本及演出長處如下：

> 有新戲之所應有，而無舊戲之所應無。如迷信、猥褻、荒謬種種舊戲上最受詬病之處則屏除之。而新戲所不滿於普通觀眾之點如直率、無唱、演說式、教訓式則極力避免之。（〈談戲拾零五〉）[45]

從前後文意來看，奎德社的戲劇形式，應為刪去舊戲中內容有問題之處，如迷信、猥褻等等內容。同時，盡力避開當時新戲常有的問題如直率（指舞台動作無規範、無程式），沒有唱段以及劇中加入演說等無法滿足一般習於觀賞傳統戲劇觀眾的部分。

此外，此派在表演形式上符合戲劇概念的特色有三項。其一，在念白方面，皆是使用普通語體，沒有崑曲文言，亦沒有秦腔的俚俗，也沒有皮黃中的專用語，有如

---

43　韓補庵：〈談戲拾零五〉，收入《補庵談戲》，頁 140。
44　同上，頁 139。
45　同上，頁 142。

「家常談話，婦孺皆曉，而又帶有戲之念白，有頓挫，有抑陽」，[46] 念白是婦人小兒揭曉的語體，但仍是蘊含傳統戲劇念白的格律。其二，在唱曲的部分，有加入唱，但與舊戲不同，唱與白兼重：「舊戲往往以唱代白，不解唱則戲情全失，此派唱自獨立，可有可無」；[47] 此處非指唱曲的部分與劇情無關，而是即使除去唱曲的部分，亦不妨礙觀眾理解劇情。[48] 其三，在作派方面，並非選擇寫實路線，仍保留傳統戲劇風格：「此派作法皆脫胎舊戲，處處皆含有舊戲藝術上之所謂美」。[49]

　　綜合言之，半新半舊派改良念白，保留唱曲，表演動作仍維持程式化元素。這些特色對於一般大眾、以致於婦孺，均為淺顯易懂又便於觀賞。補庵身為社會教育辦事處一員，曾任藝曲改良社社長，深知傳統戲劇的優劣之處，以他的立場而言，半新半舊派刪除舊戲缺陷，同時加入改良新戲的優點，此種戲劇型態，極適於搭配促進時人反思的內容，發揮教育效果，故而選擇此派作為實踐的方向。

---

46　韓補庵：〈談戲拾零五〉，收入《補庵談戲》，頁 143。
47　同上，頁 144。
48　同上。
49　同上。

## 三、編劇理念：
## 實寫生活，引領觀者觀照自身

　　補庵在 1917 年以前居住於天津時，即參加戲曲改良活動，[50] 無法確認何時開始以個人名義創作劇本。《補庵談戲》曾提及〈編戲贅言〉於何時撰寫：「〈編戲贅言〉者乃三年前編戲本所草」，[51] 由於本書完書於 1924 年年初，[52] 故而，保守推定他最晚自 1921 年起已經從事編創活動。其劇作獲得近代教育家同時也是南開大學的創始人嚴修（字範孫，1860-1928）的讚賞，曾評點劇作《荊花淚》（《幾希》）：「吾觀劇而落淚有之矣，觀劇本而落淚視為第一次」；評《丐俠記》：「補庵之文一氣呵成，欲改竄之無着手處。以墨公 [53] 之鉤心鬥角，易數字猶嫌扞格。以後即編、即排、即演，不必於字間挑剔也」。[54] 從

---

50　韓補庵：〈緒論〉，收入《補庵談戲》，頁 24。

51　韓補庵：〈談戲零拾三〉，收入《補庵談戲》，頁 113。

52　〈自序〉寫於癸亥年祀竈日（農曆十二月二十三、二十四日，換算成陽曆為 1924 年 1 月 28、29 日），此時書稿已完成。韓補庵：〈自序〉，收入《補庵談戲》，頁 8。

53　此處墨公應是指林墨青（即林兆翰），《補庵談戲》裏指出文詞刪正多受益於林墨青。韓補庵：〈例言〉，收入《補庵談戲》，頁 13。〈記天津林墨青先生〉提及林墨青早年即負文名，擔任社會教育辦事處的總董之際，推行諸多社會教育活動，其中亦包括改良戲劇活動，津京地區的藝員多受其感化；故而可知林氏不僅在文才上知名，也有相當戲劇改良活動的經驗。斗瞻：〈記天津林墨青先生〉，《大公報》，1946 年 9 月 17 日，第 6 版。補庵相當重視林墨青的修改意見，曾在《洞庭秋》後記中叮囑楊韻譜若要修飾文詞，請優先與「墨公」討論。韓補庵：《洞庭秋》（天津：天津社會教育辦事處，民國年間），頁 27。

54　兩個劇本之評論引自韓補庵：〈談戲拾零三〉，收入《補庵談戲》，頁 77。

這兩項評語可知，作品已臻至成熟，不用刻意刪減，適宜即刻登場演出。

　　累積參與戲劇改良的經驗，補庵在 1921 年寫下〈編戲贅言〉，自言：「〈贅言〉乃專為編戲而作」，[55] 闡述自身的理念。從戲劇史的角度來看，〈編戲贅言〉具有重要的指標意義。這是一篇最早從戲劇改良視域延伸而出、具體闡述戲劇創作的理論文章之一。在此之前，專文論及編劇的文章屈指可數。就筆者管見，只有 1915 年〈編劇之方針〉、[56] 1917 年〈編劇淺說〉，[57] 以及 1919 年至 1920 年分三回發表的〈編劇新說〉。[58]〈編劇之方針〉及〈編劇新說〉主要是針對新劇分析。[59] 前者內容簡短，主要提及新劇界人士所編之新劇不應只注重離奇內容，需思考是否能發揚勸善懲惡之旨，以激起人進取之志；後者參照西方戲劇學說探討新劇的編劇理論，主要引用外國理論說明。〈編劇淺說〉論述多元，分為「論編戲道德主義與美術主義並

---

55　韓補庵：〈談戲零拾三〉，收入《補庵談戲》，頁 114。

56　遏雲：〈編劇之方針〉，《劇場月報》，1915 年第 3 期，頁 15-17。

57　齊如山：〈編劇淺說〉，1917 年北京通俗教育研究會刊行。本文引用自齊如山著，苗懷明整理：《齊如山國劇論叢》（北京：商務印書館，2017 年），頁 41-54。

58　洪深、沈誥：〈編劇新說〉，分成三回刊登於《留美學生季報》，1919 年第 1 期，頁 38-46；1919 年第 2 期，頁 34-42；1920 年第 1 期，頁 113-123。

59　由於新劇一詞在 1900 至 1920 年代並非固定概念，〈編劇之方針〉一文並未明寫所言新劇為何種形式，從文章來看，文中論及鄭正秋（1889-1935）及汪優游（1888-1937）所屬之新民社，可推知文中所言新劇應為「新潮演劇」或「早期話劇」，其相關定義及歷史可參湯逸佩：〈新潮演劇與中國早期話劇的演劇觀念〉，《戲劇藝術》，2018 年第 203 期，頁 22-31。〈編劇新說〉一文直接定義其所論述的新劇為「無唱口有佈景之通俗戲劇」。

重」、「論編戲需分高下各種」、「論排戲宜細研究」、「論
舊戲之烘托法」、「新舊劇難易之比較」等項目去討論，
仍屬零散論述，缺乏系統性，且未針對創作的內容及思想
方面進行深入討論。[60] 上述文章，各自闡述編寫舊劇及新
劇的理念言說，並未思考如何從改良舊劇的基礎，編演新
式演劇的可能性。故而，此時更顯示了〈編戲贅言〉的獨
特之處，補庵提出了一種新的戲劇的發展可能。

　　韓補庵致力於半新半舊派的戲劇型態，並不反對當
下各式戲劇形式，只要有良好的劇本，各派都能達到教育
效果。[61] 然而，從前章即可知，他深知傳統戲劇對於民眾
的吸引力，在當下各種條件未整合的狀況下，新劇無法獲
得大眾支持。故而，希望使用的舊戲的形式，編創符合時
代、社會需要的故事。在〈編戲贅言〉亦指出，純粹說白
的新戲當下正在發展階段，從缺乏人才、資金及新式劇場
等三方面來看，成熟需要十年以上的時間。[62] 補庵的觀點
是有遠見的，實際上到了 1940 年，話劇仍未完全地進入

---

60　後期的齊如山在撰寫〈現階段平劇創作方法〉、〈編劇回憶〉等文時，已
　　經累積了極為豐富的編演經驗，此時他的戲劇創作論才具體系統化。關
　　於其創作理論之討論請參梁燕：《齊如山劇學研究》（北京：學苑出版社，
　　2008 年），頁 73-84。
61　補庵曾言：「吾之對於戲觀念於所謂派別上毫無成見，舊可也新可也，半
　　新半舊亦可也。然而不論何派皆渴望有良好之戲本……但使目的地不甚
　　相遠者，則分道揚鑣皆有至時」。韓補庵：〈談戲零拾三〉，收入《補庵
　　談戲》，頁 105-106。
62　韓補庵：〈編戲贅言〉，收入《補庵談戲》，頁 175-176。

普羅大眾的生活。[63] 也因此，在編劇理論上，他更加關照
折衷與實踐，改良舊劇的缺陷，同時引入新式的觀念，期
待一般觀眾在觀看戲劇之後於日常生活中獲得感動而覺
悟。作為劇作家，他嚴肅地將編劇視為專門的事業，認為
不應墨守成規，須要編出符合時代的作品：

> 　　一個時代，有一個時代的需要，社會上需要甚麼，編
> 戲家應當供給什麼。絕沒有抱住幾百年陳腐老戲的情節，
> 永遠不變的理。（〈編戲贅言〉）[64]

如此，劇作家首先須掌握戲劇的本質，確立編戲的中心
目標。

　　補庵指出戲劇的本質能夠反射人類的生活。他對生活
的解釋為：「人間世，種種萬有的現象……簡括說來，只
有一件事，就是『生活』。不但人類是生活，種種萬有的
現象，不過是大家生活狀態的變動。再往大裏說，不但一
切有情是生活，一切無情亦是生活，天地亦是日在生活之
中，沒有生活，便不會知道有天地（此生活不專指生計而

---

63 實際上到了 1940 年代，一般民眾仍是喜愛傳統戲劇勝過話劇。例如周
　揚：〈對舊形式利用在文學上的一個看法〉曾指出屬於舊形式的民間文藝
　形式之一的地方戲仍深深地立足於農村甚至是大都市，全國各大都市沒
　有一處話劇場，舊戲院則不勝其數。原載於 1940 年 2 月 15 日《中國文
　化》創刊號，引自北京大學‧北京師範大學‧北京師範學院‧中文系中
　國現代文學教研室主編：《文學運動史料選》（上海：上海教育出版社，
　1979 年），第 4 冊，頁 413-424。
64 韓補庵：〈編戲贅言〉，收入《補庵談戲》，頁 170。

言）」。[65] 故而，透過戲劇，有如一面正照的鏡子，人類生活得以呈現：

> 戲劇是人類生活的「反光鏡」，人類社會種種生活狀態，自己不容易看清自己，就是看別人，亦是片面的，段節的，惟有戲劇，是能夠把全部分的狀態，從正面，從背面，都一一反射出來，教自己看。我們編戲的大主腦，便是要實寫社會生活的現狀，教大家都完完全全的看了，各自領受一種反觀的覺悟。（〈編戲贅言〉）[66]

將戲劇視作反光鏡，期待透過這面鏡子讓觀眾全面地看到自己的生活狀態，促使其內省。

此外，透過「實寫社會生活」的主張，亦能窺見其中的現代概念。「實寫」一詞，不得不讓我們想到於清末民初傳入中國的「寫實主義」。「寫實」為外來用語，最早可稽考者，出自 1902 年梁啟超〈論小說與群治之關係〉，文中將小說分類為「寫實派」小說與「理想派」小說，作者主要宣揚小說的社會功能，未對於「寫實派」小說之概

---

65　韓補庵：〈編戲贅言〉，收入《補庵談戲》，頁 171-172。
66　同上，頁 171。

念進行明確解說。[67] 文藝概念上將「寫實」與「主義」一詞結合者，則可以參考 1915 年陳獨秀（1879-1942）〈現代歐洲文藝史譚〉及其回答讀者張永言來信中對於寫實主義的見解：「吾國文藝猶在古典主義理想主義時代，今後當趨向寫實主義，文章以紀實為重，繪畫以寫生為風」。[68] 戲劇方面提及「寫實主義」者，則是為胡適（1891-1962）於 1918 年發表的〈易卜生主義〉，文中論述易卜生的文學及人生觀是一個「寫實主義」，使用較為明確的解說為：「把家庭社會種種腐敗齷齪的實在情形寫出來叫人看了動心，叫人看了覺得我們的家庭社會原來是如此黑暗腐敗，叫人看了覺得家庭社會真正不得不維新革命」。[69] 陳獨秀與胡適等人將「寫實主義」作為現代文學概念介紹給

---

67　梁啟超在〈論小說與群治之關係〉一文中提及小說類別，援用日本文學理論批評家坪內逍遙（1859-1935）的說法，將小說分為「寫實派小說」與「理想派小說」。梁啟超定義這兩類小說為：「小說者常導人游於他境界，而變換其常觸常受之空氣者也。此其一人之恆情與於其所懷抱之想像，所經閱之境界往往有行之不知習矣。……常若知其然，不知其所以然，欲摹情狀而心不能自喻，口不能自宣，草不能自傳。有人焉和盤托出徹底發露之，則拍案叫絕曰善哉善哉如是。如是所謂『夫子言之於我心有戚戚焉』」，即是小說為能讓人的經驗與想像都能完整描摹表達獲得共感與移情者。梁啟超：〈論小說與群治之關係〉，《新小說》，1902 年第 1 期，頁 2-3。

68　陳獨秀在〈現代歐洲文藝史譚〉提及「寫實主義」一詞，但未說明其意。而後在〈答張永言的信〉提及自身對於寫實主義的概念。陳獨秀：〈現代歐洲文藝史譚〉，《青年雜誌》，1915 年第 3 期，頁 41。〈通信〉，《青年雜誌》，1915 年第 4 期，頁 98。

69　胡適：〈易卜生主義〉，《新青年》，1918 年第 6 期，頁 502。

大眾。[70] 從兩人文章可知，含有紀述事實、寫出家庭社會問題實情，令觀者產生共感進而促使其反省等意涵。

　　補庵閱讀過不少外國翻譯劇劇本或是改編自翻譯小說的劇作，亦知悉外國文學。長年擔任報刊編輯，歷經新文化運動，「寫實主義」的論述，對他而言定不陌生。《補庵談戲》提及其看過俄國戲劇、電影，亦讀過托爾斯泰等俄國作家的劇本，指出在俄國獲得好評的作品，不一定全然適合中國劇場，需考量觀眾的文化背景與觀劇習慣。[71] 同時指出易卜生、蕭伯納的作品持論太高，社會上不普遍，平民較不易理解。[72] 由上可知，使用「實寫」一詞，很有可能出於與以托爾斯泰、易卜生等外國作家為代表的「寫實主義」概念做出區隔的意圖。何謂「實寫」？此語同樣屬於新詞彙，參照極少數用例，可知主要使用在分類小說或文學內容，如「社會實寫小說」、「戰事實寫小說」等，

---

70　「寫實主義」取自譯文之詞彙，同時期西方對寫實主義概念亦出現不同的理解，故而五四知識人對此多少帶着模稜兩可的認識，或產生有意無意誤讀的現象。本文舉出陳獨秀與胡適為例，主要基於他們是最早使用本詞彙者，具有指標性。相關討論請參照馬森所著《中國現代文學的兩度西潮》中收錄的〈從寫實主義到擬寫實主義：擬寫實主義與革命文學〉一章。本論引自刊登在《新地文學》雜誌的版本。馬森：〈從寫實主義到擬寫實主義：擬寫實主義與革命文學──《中國現代文學的兩度西潮》（第十九章）〉，《新地文學》，2013 年第 25 期，頁 87-99。

71　韓補庵：〈談戲零拾三〉，《補庵談戲》，頁 94-95。又，韓補庵相當欣賞托爾斯泰的劇作《黑暗之勢力》，推崇其文學上的造詣，但也誠實指出，本劇如果在中國劇場演出，觀眾十之八九會因無法理解內容而昏睡於劇場中。韓補庵：〈編戲贅言〉，收入《補庵談戲》，頁 187。

72　韓補庵：〈編戲贅言〉，收入《補庵談戲》，頁 192-193。

多指講述現代社會中所發生的故事，而非過去的事件。[73]
補庵所指「實寫社會生活」，也加入現代時間概念，為相
對於舊戲的說法：

> 舊戲是描寫「特殊階級過去生活」的，我們的戲是要
> 實寫「平民社會眼前生活」的；舊戲是教觀眾看別人，我
> 們的戲是教觀眾看自己。(〈編戲贅言〉)[74]

使用「描寫」與過去連結，「實寫」與眼前當下連結，即
可觀察其間的差異。又，在劇作《洞庭秋》裏，第一幕
描寫平民小說社社長徵求出版「實寫社會現狀的民眾小
說」，女主角秦毓菜帶着「寫湖南人民戰爭流離的現狀」
的小說稿與小說社商談賣價，最後社長買下了這部實寫小
說。[75] 這段劇情並綜合以上例文，亦能補充說明補庵的「實
寫」概念，除了包含時間要素，隨後連結的名詞，不管
是戲劇作品還是小說，其敘述內容更須與平民的社會現

---

73　目前筆者在 1930 年以前僅找到三項用例。其一為 1911 年在《華安》雜
　　誌曾刊登一篇標目為「社會實寫小說」之作品〈弱女救災記・一名歲寒
　　松〉，這是一篇描述民初家族因投保壽險而度過家族危機的故事。天涯芳
　　草：〈弱女救災記・一名歲寒松〉，《華安》，1911 年第 11 期，頁 45-56。
　　其二為 1919 年在《晨報》刊之標目為「戰事實寫小說」之作品〈吾血
　　沸已〉，這是一篇翻譯小說，作者不詳，分成五回刊登，主要講述英國人
　　主人翁參加歐戰的個人經驗。鐵崖譯：〈吾血沸已〉，《晨報》，1920 年 4
　　月 20-24 日，第 7 版。其三為 1920 年《晨報》刊登的一篇記事〈實寫災
　　情的劇本將出演〉，提及北京高師範中為震災而演出人藝社所編《是人嗎》
　　的劇本。本劇為賑災募款之用，內容為描述災民苦境。〈實寫災情的劇本
　　將出演〉，《晨報》，1920 年 9 月 30 日，第 6 版。
74　韓補庵：〈編劇贅言〉，收入《補庵談戲》，頁 173。
75　韓補庵：《洞庭秋》，頁 1-2。

狀有關。

　　補庵更指出，舊戲描寫的特殊階級生活與看戲人無共通之處，內容情節亦有諸多缺陷。例如屬於喜劇類型的劇目、以旦角與丑角擔綱演出的《打槓子》、《雙搖會》，雖談笑風生，卻對話過於俚俗下流，不適宜當代觀眾。悲劇代表劇如《對銀杯》、《鐵蓮花》等後妻虐待孤兒的恩怨情仇故事，只是描寫野蠻的殘酷，觀後使人心情不悅，無法引申共感。舊戲當中與眼前平民社會生活有共振的主題只有升官發財及男女苟合，內容局限性太大。故而，重新編寫劇作有其迫切性與重要性。[76]

　　對於新時代生活的關注，補庵認為不該執着於過去老戲的陳舊情節，應嘗試突破過去傳統戲劇的主題。然而，由於主要目的是寫給普通人觀看，故而應偏向多編「家庭戲」與「社會戲」以貼近日常生活，灌輸一般人常識。一部劇作的主題類型與劇中人物有直接的關聯性，作者的創作理念會牽引人物的定位與類型。補庵鼓勵在劇中編寫「社會上不容易看見的人」於舞台之上，有言：

　　　「不容易看見的人」不必一定要寫那空前絕後的「奇人」，「怪傑」，只是多寫幾個「端人」，「正士」，「慈父」，「孝子」，「良妻」，「賢母」，「友兄」，「悌弟」，便是現在不容易看見的人。常有這類人，教大家心目中受些感化，社會一定不會壞了。(〈編戲贅言〉)[77]

---

76　韓補庵：〈編劇贅言〉，收入《補庵談戲》，頁 174-175。
77　同上，頁 166-167。

此處可看到，對於當前社會狀況補庵有自己的觀察，主張
在戲劇中塑造正向的人物來達到感化人心的效果。然而，
這並不表示劇中不能有反派人物，而是強調將故事重心轉
移至正向人物身上，多描繪其善良高尚之處。他深深相信
戲劇對人們的影響力，意圖創造新興的典範人物取代過去
舊有的符合當代的戲劇人物：

> 試問中國普通人心中的人譜一定是李逵，黃天霸，王
> 寶釧這些人勢力最大。說孟母，不見得都知道……何以如
> 此？不能不說戲的力量。戲劇有這麼大的力量，所以編戲
> 絕不是毫無關係的事。我們能夠給大家另造一種模範人物
> 的新人譜，把那李逵，黃天霸的勢力完全推翻，編戲家亦
> 可以自慰了。(〈編戲贅言〉) [78]

李逵出自《水滸傳》，黃天霸出自《施公案》，這兩位人
物不僅出現在小說裏，諸多劇種裏都有其相關劇目及身
影，其勇猛暴烈的綠林草莽形象深植人心。這些人物雖
然為一般民眾熟知，然而，他們卻無法對應現代社會的需
求，成為醒悟提升的楷模。補庵有意推翻過去風行的人物
形象，將劇中主要腳色設定為社會上的普通人，這些人物
在遇到困境波瀾時，均努力展現人性善良與光輝的一面。
如《丐俠記》裏擔任新聞記者及在工廠工作的劉若士夫
妻，以微薄薪水維持奉養母親的三人生活，因貧寒以致數

---

78 韓補庵：〈編戲贅言〉，收入《補庵談戲》，頁 167-168。

月無法繳付房租，在惡房東數度催租之下，劉預支薪水欲暫渡難關，回家時巧於路上遭遇因冤獄無錢買通官吏救兒的老漢，竟將薪水全數予之救急，而後又在因緣際會下收留逃難離家的女主角。劉若士充滿孝心又富有同情心的形象，劇作家刻劃入微。《洞庭秋》裏單獨撫養弟妹的貧寒女子秦毓棻，父親去世後遭繼母欺凌，家產盡失，當下不得不變賣友人創作的小說餬口。然而，其本性非重利忘義之人，一日意外撿拾到手提包交給警察，物歸原主之際，也不願接受謝禮金。秦懂禮法，然卻未死守教條，明知冒名販賣他人作品違反道義，即使心懷愧疚，急迫之下首先考量保護家人。她正如同一般人，擁有弱點、不完美，但終始秉持善良行事；這一女性形象，在傳統劇作中少見，值得注目。

　　劇作中亦有行俠仗義之腳色，與過往具名英雄故事相異，轉化為無名人物。例如在《丐俠記》裏的重要腳色為一無名的丐俠，行義不求回報，最終在革命戰場上為救善人而犧牲性命。俠士自始至尾自稱「狗兒」，不願透漏真實姓名，雖然真正的身分在各幕細節中已透漏線索，從頭至尾擁有全視角觀看整個故事的觀眾已可推知其人為何，然而，劇中人物並不知曉。如此設計，不僅讓出場次數有限的「狗兒」人物形象更為傳神立體，同時刺激觀眾參與劇情演進，增加共感。終幕，當眾人猜測俠士的真名之際，劉若士有言：「大家稱他為無名之英雄，就是一位無名之英雄罷了，何必定要名姓」，後以「無名之英雄」的

名義，獲得眾人的悼念。[79] 此處的設計，正呼應補庵的創作主張，打破過去戲劇小說中的英雄人物傳統，不須具名，也不須具備高強武藝；狗兒正如同劇中其他腳色，在需要作決斷的時刻能作出符合道德勇氣的選擇，人人都是獨一無二的英雄。當然，作者亦以此善導觀眾，社會上的一般人，生活中能擇善固執，即是一位英雄。

## 四、戲劇主旨：
## 教育功能與藝術本質的思辯

從編劇理念的闡述，明確看出補庵作為戲劇改良運動的推行者，透過戲劇教育觀眾是個人使命。然而，對於如何發揮教育的本質功能，如何確實讓觀眾從觀戲中激發真實情感而感悟，擁有實際劇場經驗的他，具備超越前人的觀點，提出獨有的藝術審美思維。

戲劇具備輔助風化的社會功能自元代以來即受到知識份子的關注。[80] 晚清以來，歷經國家社會環境的巨大變化，促使有志之士再次注目於戲劇的教化功能，舉陳獨

---

79 韓補庵：《丐俠記》（天津：天津社會教育辦事處，1920 年代），頁 28。
80 元人周德清（1277-1365）《中原音韻》〈序〉有言：「自關、鄭、白、馬一新製作，韻共守自然之音，字能通天下之語，字暢語俊，韻促音調；觀其所序，曰忠，曰孝，有補於世」。「有補於世」即指出了戲劇的社會風教功能。〔元〕周德清：〈序〉，《中原音韻》，收入中國戲曲研究院編：《中國古典戲曲論著集成》（北京：中國戲劇出版社，1982 年），第 1 冊，頁 175。

秀以三愛為筆名在 1904 年發表的〈論戲曲〉為例，內文
提及戲劇與教育的關聯性：「戲園者，實普天下之大學堂
也；優伶者，實普天下之大教師也」，[81] 主張以劇場為教育
場地，以藝人為教師，透過改良戲曲，啟蒙一般民眾智
識。陳獨秀之後，民國初年支持戲劇改良的戲劇理論家亦
秉持着類似的看法，如周劍雲〈戲劇改良論〉提及：「戲
曲一道，關乎一國之政教風俗至深且巨，質之古今中外，
無有否認者也」，[82] 肯定戲劇的教育與教化功能。然而，這
些理論家往往過於重視戲劇的功能，忽視戲劇原有的藝術
本質、審美考量以及觀眾的觀賞習慣。戲劇的價值在於能
具備教育功能，然而，什麼形式的戲劇，才能確實發揮教
育效果？換言之，編製什麼形式的戲劇能達到感化人心的
目的？則是理論家們輕忽的重點，他們將戲劇的風化價值
等同於戲劇藝術的本質。

　　韓補庵認知到此一問題，於是提出個人的藝術體認。
首先，對於戲劇創作的主旨，他反對無視戲劇的藝術本
質，以教育的目的進行創作：

　　　　只把觀眾看成受術者、受教者，可就失了戲劇的本
　　　分。觀眾不是來受教，如何能用教育的態度？說戲劇可以
　　　算教育的一種方法還可，要用教育的宗旨，做戲劇的宗

---

81　三愛：〈論戲曲〉，《安徽俗話報》，1904 年第 11 期，頁 1-6。
82　周劍雲：〈戲劇改良論〉，收入周劍雲編：《菊部叢刊》（上海：交通圖書
　　館出版，1918 年），頁 117。

旨，根本上是不行的。(〈編戲贅言〉)[83]

可知，以上對下的説教立場來編寫教條化的戲劇無法獲得
觀眾的感動與認同。如此，劇作家要用什麼樣的方針來執
行創作並引起觀眾的審美感動呢？

戲劇作為教育的一種方法，傳統戲劇多以「勸善懲
惡」達到教化目的。劇情採取因果業報的信仰，或是藉由
有權力的清官懲罰惡人洗清善人冤屈等作為勸懲方法，這
些情節在當代看來不盡合情理，説服力不強。補庵雖然認
同勸善懲惡的創作方針，卻更為進階，指出故事需跳脱出
舊有的説教式框架：

> 我們的宗旨，固然亦不外乎勸善懲惡，但善等着勸纔
> 知道勉，惡等着懲纔知道怕；已落入第二乘。假若他不怕
> 懲，不受勸，該怎麼樣？我們編戲的宗旨，只把這一層的
> 障眼，用推牆倒壁的力量打開，赤條條，從人類同情上，
> 實寫一種生活裏面濃郁的活力，和觀者的同情融成一片，
> 教他點頭覺悟。(〈編戲贅言〉)[84]

戲劇創作的內涵雖不離端正善良風俗，但若主旨內容僅是
依據道德規範而設置，那麼創作出來的作品只是倫理訓示
的產物，缺乏感動人心的力量，亦無法刺激觀眾主動選擇
自省。補庵從更高的藝術審美角度考量戲劇的價值，推翻

---

83　韓補庵：〈編戲贅言〉，收入《補庵談戲》，頁179。
84　同上。

過去創作的教育取向導致道德教條化的框架，轉化為從激發人類情感的需求入手。戲劇必須表現情感內涵，所以要「從人類同情上，實寫一種生活裏面的濃郁的活力」，然後透過如此情感的表現引發「和觀者的同情融成一片，教他點頭覺悟」。換言之，戲劇要有人與人之間可以會通心性的本質，也就是「同情」，才能建立表現的基礎，也才能讓觀眾產生共鳴，發揮藝術特有的感染力。此外，「同情」是從現實生活裏「實寫」而來，與一般人日常生活息息相關，充滿真實人物的鮮活生命力。他更指出不論創作任何故事、情節與人物腳色，劇作家須重視的是情感的傳達與共鳴：

> 每一本戲，不論寫家庭，寫社會，寫政治，寫法律，寫好人，寫壞人，寫歡樂，寫困苦，以及宇宙萬有現象，只是教大家看了，便教他感受濃郁的同情，心裏自然好過，或是難過。（〈編戲贅言〉）[85]

當觀眾情感融入劇情中與劇中人物共振，就有機會自我反思走向善道。而這個覺悟是主動的心理運作過程，也是戲劇創作追尋的最終理想目標：

> 教觀眾看了，吸引起他那自己尋思，自己了解，自己安慰，自己省悟，自己尋那生活向上之路。（〈編戲贅言〉）[86]

---

85　韓補庵：〈編戲贅言〉，收入《補庵談戲》，頁 179-180。
86　同上，頁 179。

　　韓補庵論述戲劇創作主旨的過程當中，同時也呈現
對於藝術本質的體認。戲劇雖蘊含教化的效能，但不能忽
視其獨立的藝術價值。以教育的方法進行創作，把觀眾當
成受教者的作法，其實是沒有清楚地理解「戲劇」的藝術
形式與定位。從事戲劇改良運動多年的補庵認知到這項盲
點，從創作論的角度，澄清戲劇藝術的特質。劇作家必須
有意識地考量如何在創作過程當中，從形式上的創意激起
觀眾的審美感動與相應情感反應，才能寫出引領觀眾向上
覺悟的理想作品。


## 五、結語


　　此時此刻，當下的時間意識對於韓補庵而言是異常
重要的。出身於清末，歷經民國成立及五四新文化運動，
處在多變的時代氛圍當中，從事戲劇改良運動多年的補
庵，長時間摸索新舊轉換的歷程。他撰寫〈編劇贅言〉以
及《補庵談戲》的時機，正是處在一個再次重新審視「戲
劇」本質的時間點。戲劇改良論爭正在報刊討論新舊劇是
否存廢之際，補庵以一位從事社會教育的戲劇改良推行
者及劇作家的身份，提出了當代編劇理論，論述戲劇理
念，創作戲劇作品，並且落實於舞台演出，其努力及嘗
試，值得重新審思。他繼承前任戲劇改良論者的戲劇功
能論，亦從未忽視戲劇的藝術本質，務實地思考改良戲
劇如何面對當代平民觀眾，從而試圖在「新」與「舊」、

「雅」與「俗」之間找出平衡折衷之處，使得他的眼光與角度，獨具一格。

補庵熱愛戲劇，對於戲劇藝術發展向上的可能性抱持着理想，《補庵談戲》〈跋〉有言：「中國一切現象，唯有『戲』還是可以樂觀的」。[87] 深知從事改良戲劇事業並不容易，從不諱言失敗的可能性，直言「失敗亦是義務」，[88] 即便如此，仍相信戲劇的力量而以一己之力摸索努力着。1933 年《京報》在〈論「戲」為專學非小道〉的專題之下，引用了《補庵談戲》的〈緒論〉，編者言之，其論戲劇的觀點為「今日劇界之暮鼓晨鐘也」，足見他的主張仍然餘波盪漾。[89] 到了 1942 年，補庵已淡出劇壇，半新半舊的表演形式尚未推廣成功，[90] 依然不改初心，在為《三六九畫報》第 300 期撰寫的紀念文章〈老贊禮的喝喜〉中說：

> 於戲劇，無處不是外行。可是愛護戲劇的熱烈，則多少年如一日。自己既不會唱。吹打拉彈，更是一竅不響。這個並不阻害我愛好的興趣。這一點興趣，便寄託在盼望中國戲劇，能夠有一天走上戲劇的正路。[91]

---

87　韓補庵：〈跋〉，收入《補庵談戲》，頁 195。
88　韓補庵：〈續論〉，收入《補庵談戲》，頁 24。
89　〈論「戲」為專學非小道〉，《京報》，1933 年 1 月 22 日，第 10 版。
90　實踐演出補庵劇作的「半新半舊派」之劇團奎德社，已在 1930 年代解散。奎德社的歷史請參閱筆者小論，吳宛怡：〈啟蒙與娛樂之間──民國初期北京女劇團志德社的改良戲劇實踐〉，《中國文化研究所學報》，2020 年第 71 期，頁 173-195。
91　韓補庵：〈老贊禮的喝喜〉，《三六九畫報》，1942 年第 300 期，頁 20。

發表這篇文章之時正是處在抗戰時期，回顧過去，展望未來，有感慨，同時也抱懷着不滅的理想。補庵這段期望中國戲劇於未來完善發展的文字，若是連結從清末民初以來傳統戲劇發展至今的歷史脈絡，更顯深刻。

責任編輯　張軒誦

書籍設計　陳朗思

書　　名　二十世紀前期中國戲曲的跨境、交流與轉化

主　　編　吳宛怡

出　　版　三聯書店（香港）有限公司

　　　　　香港北角英皇道 499 號北角工業大廈 20 樓

香港發行　香港聯合書刊物流有限公司

　　　　　香港新界荃灣德士古道 220-248 號 16 樓

印　　刷　美雅印刷製本有限公司

　　　　　香港九龍觀塘榮業街 6 號 4 樓 A 室

版　　次　2022 年 11 月香港第一版第一次印刷

規　　格　大 32 開（140 × 210 mm）160 面

國際書號　ISBN 978-962-04-5063-1